AS CRÔNICAS DE AEDYN

O VOO DOS EXILADOS

Alister McGrath

UNITED PRESS
um selo editorial hagnos

Originally published in the USA under the title:
Flight of the outcasts
Copyright © 2010 by Alister McGrath
Translation copyright © 2012 by Alister McGrath
Translation by Eloisa Pasquini
Published by permission of Zondervan, Grand Rapids, Michigan. www.zondervan.com
Portuguese edition © 2012 by Editora Hagnos Ltda

Tradução:
Eloisa Pasquini

Revisão
Dominique M. Bennett
João Guimarães
Edna Guimarães

Adaptação projeto gráfico capa
B. J. Carvalho

Diagramação
B.J. Carvalho

Editor
Juan Carlos Martinez

1a edição - Julho de 2012
Reimpressão - Janeiro de 2016

Coordenador de produção
Mauro W. Terrengui

Impressão e acabamento
Imprensa da Fé

Todos os direitos reservados para:
Editora Hagnos
Av. Jacinto Júlio, 27
04815-160 - São Paulo - SP
Tel: (11) 5668 5668
e-mail: hagnos@hagnos.com.br
www.hagnos.com.br

Dados Internacionais de Catalogação na Publicação (CIP)
(Câmara Brasileira do Livro, SP, Brasil)

McGrath, Alister E.

As crônicas de Aedyn : o voo dos exilados / Alister McGrath & Wojciech Nowakowski ; [ilustrações] Wojciech Nowakowski ; [tradução Eloisa Pasquini]. - São Paulo : Hagnos, 2012.
Título original: The Aedyn chronicles - Flight of the outcasts. [Design da capa: Sara Molegraaf]

ISBN 978-85-243-0418-7

1. Ficção inglesa I. Nowakowski, Wojciech. II. Título.

11-09234   CDD-823

Índices para catálogo sistemático:
1. Ficção : Literatura inglesa 823
Editora associada à:

Capítulo

1

O vento de dezembro batia forte contra os penhascos do Canal da Mancha e subia para o norte, chacoalhando vidraças e batendo contra portas em seu caminho. Ele uivava sobre os pântanos e vales até finalmente bater na janela da *Queen's Academy for Young Ladies*. (Academia da Rainha, para Moças.)

E com o vento veio a chuva. Começou devagar: no começo só algumas gotas deixando as marcas no vidro; depois mais forte e, então de repente caiu uma tempestade que foi lavando a paisagem. Os galhos do salgueiro se curvavam e raspavam contra a janela, e Júlia Grant, sentada à sua escrivaninha com o queixo apoiado na mão, achou que esse era o som mais solitário do mundo.

Era uma opinião certamente compartilhada por suas colegas de classe. Cada uma das meninas da sala olhava fixamente para fora da janela e sonhava com as férias de Natal, três semanas inteiras de festas, bolos e presentes. Então, quem sabe, d. Wilma, que estava tentando corajosamente preencher a cabeça de suas alunas com a lição sobre Sir Francis Drake e a derrota da armada espanhola, poderia ser perdoada por repreendê-las tão asperamente ao chamar sua atenção.

Júlia voltou a prestar atenção quando ouviu a voz de d. Wilma. Ela anotou em seu caderno algumas coisas do quadro-negro, escrevendo com sua letra elegante e miúda. Mas após um instante já estava de volta, olhando fixamente pela janela, observando os finos galhos deixando pequenos rastos na água enquanto o vento os levava pra lá e pra cá. Ela — talvez só ela, entre todas as colegas de classe — não estava ansiosa pelas férias de Natal. Natal significava ir para casa, e sua casa a lembrava do terrível Bertram e da mais terrível ainda, Luísa, e pior de tudo, de sua nova madrasta.

Fazia dois anos que a mãe de Júlia morrera. Ela e seu irmão, Pedro, esperavam que as férias fossem na casa de seus avós em Oxford, quando seu pai, o comandante Grant, estivesse em alto-mar. Mas depois de tirar umas férias, na primavera, ele chegou inesperadamente e participou seu noivado com uma viúva que tinha dois filhos. Antes do fim do mês eles se casaram.

Sua nova esposa era uma mulher alta e magra com um sorriso apertado e frios olhos cinzentos. Seus filhos, Bertram e Luísa, eram mimados, malvados e gostavam de atormentar o gato da casa apenas por esporte. Pedro achou que eles talvez fossem criminosos fugindo da lei. As orelhas de Pedro levaram um tabefe por ele ter dito isso na frente do pai.

— Muito bem, meninas. Isso é tudo por hoje — disse d. Wilma. Júlia voltou a atenção mais uma vez, percebendo que havia parado suas anotações durante uma aula particularmente entediante, sobre canhões de ferro fundido de navios ingleses, e nunca as retomou. Ela esperava que a Inglaterra tivesse ganhado.

— Boas férias — d. Wilma estava em pé ao lado do quadro-negro com um sorriso sufocado, enquanto uma agitação nervosa irrompeu à sua volta: cadeiras e carteiras arrastando no chão, papéis farfalhando, livros se fechando e vinte meninas impacientes correndo para fora da sala. Júlia, ainda sentada no fundo da sala, era a última da fila, e d. Wilma tocou a manga de seu vestido antes de ela sair.

— Fique para conversarmos um pouco. Pode ser? — Ela perguntou, e Júlia acenou com a cabeça. Ela agarrou seus livros com força contra o peito enquanto d. Wilma se sentou na ponta da mesa.

— Estou um pouco preocupada com você, Júlia — ela disse suavemente. — Você me parece muito distraída desde o último semestre. Seus pensamentos estão longe, e suas notas... Bem, não precisamos falar a respeito de suas notas agora, certo?

Júlia sacudiu a cabeça.

A professora pigarreou.

— Só gostaria de saber se tudo está bem em sua casa. Não é fácil perder a mãe, e o pai se casar tão depressa novamente... — Sua voz diminuiu, e Júlia percebeu que deveria responder.

— Estou bem — ela disse. — Está tudo bem.

— Ahã! — disse d. Wilma. — Eu suponho, então... — ela parou. — Um feliz Natal para você querida. Nós nos veremos no semestre que vem e conversaremos novamente, está bem?

— Sim, senhora. Feliz Natal — disse Júlia, e saiu.

O vento de dezembro seguiu Júlia enquanto ela se arrastava pelo corredor vazio e subia a grande escadaria até seu dormitório. O prédio era velho, o aquecimento antigo, e nos meses de inverno o dormitório nunca perdia o ar gelado. Júlia empurrou a porta, e sem cerimônia jogou os livros que estava carregando, em cima da mala. Pegou o cobertor nos pés da cama e o colocou nas costas.

— Por que você demorou? — perguntou uma voz atrás dela. Júlia se virou e sorriu ao ver sua melhor amiga, Lúcia, que estava arrumando a mala.

— Estou atrasada para arrumar as minhas coisas?

— Nem um pouco — disse Lúcia com um grunhido. — Sente-se aqui, por favor.

Júlia subiu gentilmente em cima da mala e Lúcia conseguiu fechá-la. Um pé de meia branca escapou da mala e ficou pendurado. Lúcia preferiu ignorá-lo.

— E então, o que a Wilma queria?

Júlia jogou as tranças para trás.

— Ela só me desejou um feliz Natal — disse ela. — Ela queria saber a meu respeito, e como eu passaria as férias.

— E *como* você vai passar o Natal? — perguntou Lúcia. — Eu suponho que os três terrores estarão presentes?

— Sim, sim, ai de mim! — Júlia deu um suspiro dramático. — E o meu pai estará em casa. Ele nem sempre consegue estar em casa no Natal, sabe... E é pior ainda quando ele está porque ele os favorece. Pedro e Bertram vão brigar, eles sempre brigam, e Luísa vai provavelmente tentar matar o gato novamente.

Ela forçou um riso, mas, a sobrancelha de Lúcia se enrugou.

— Eu gostaria muito que você pudesse ir pra casa comigo. Queria que as coisas não fossem tão horríveis para você.

Júlia deu de ombros.

— São só três semanas. Já sobrevivi a coisas piores.

— Pior que a morte da mãe e uma nova família de criminosos? — Júlia se retraiu quando sua mãe foi mencionada, e Lúcia chegou mais perto dela. — Sinto muito — ela disse —, isso foi cruel da minha parte.

Júlia deu de ombros novamente.

— É difícil não sentir saudades dela no Natal. Mas já *houve* coisas piores.

Lúcia apertou os olhos.

— Que coisas? Eu sabia que algo tinha acontecido com você nas últimas férias! Você voltou diferente. Você... bem, você amadureceu de repente.

— Eu visitei meus avós naquelas férias. Você se lembra? Nós tínhamos combinado de passar as férias juntas em Kent, mas fui mandada para Oxford. Eu imagino que deve ter sido porque fiquei com eles — ela deu uma pequena risada.

— Não — disse Lúcia. — Eu não quis dizer uma mudança no modo de você falar. Você parecia mais forte. Sabe, mais confiante. Como uma mulher. Algo aconteceu; eu tenho certeza disso.

Em outro dia, com outra pessoa, Júlia teria negado sem rodeios. Mas nesse dia solitário, um dia em que o vento parecia carregar consigo centenas de anos de segredos, Júlia queria se abrir com alguém. E aqui estava sua melhor amiga, implorando para saber o que tinha acontecido. Ela se enrolou mais no cobertor e chegou mais perto de Lúcia, seus olhos brilhavam.

— Você tem que prometer que não vai contar para ninguém, ninguém, entendeu?

Lúcia acenou com a cabeça, com olhos arregalados.

— E você tem que prometer que vai acreditar em mim. Não importa quão louco possa parecer. Porque tem que ser verdadeiro, e às vezes eu ainda acho que pode ter sido tudo um sonho."

— Eu prometo — Lúcia fez uma cruz em cima do coração.

— Está bem — Júlia respirou fundo. — Naquelas férias, quando eu estava em Oxford, Pedro e eu fomos para outro mundo.

Seja o que for que Lúcia tivesse esperando ouvir, evidentemente não era isso. Ela ficou em silêncio por um longo instante, esperando Júlia dizer algo que não fosse tão bobo. Quando Júlia não falou, Lúcia pigarreou.

— Você foi... Aham!... Para onde?

— Outro mundo, outra dimensão — repetiu Júlia. — Como este, só que diferente. Mais selvagem. Chamava-se Aedyn, e as pessoas que moravam lá tinham sido escravizadas por três tiranos horríveis, feras, de verdade. Pedro e eu fomos chamados para esse mundo para resgatar o povo de sua escravidão. E os três lordes e seus terríveis servos quase nos mataram, mas Pedro e eu conduzimos um exército contra eles e libertamos o povo.

— Vocês libertaram o povo — repetiu Lúcia.

— Sim — disse Júlia. — E um monge, cujo nome era Gaius, pediu que mantivéssemos tudo em segredo.

— Não posso imaginar por que — disse Lúcia com indiferença. Júlia a ignorou.

— Eles me chamaram de Libertadora: a Escolhida! E todos olhavam para mim pedindo ajuda, mas, na verdade *não fui* eu; foi o Senhor dos Exércitos trabalhando o tempo todo.

Houve uma pausa bem sugestiva.

— Júlia — Lúcia disse devagar —, quem sabe, você não sofreu um acidente durante as férias?

— Claro, que não. Você mesma disse que eu parecia mais adulta.

— Então não acha que está na hora de parar de fazer brincadeiras bobas?

Júlia sentiu como se tivesse levado um tapa no rosto. Ela piscou muito para esconder as lágrimas que estavam em seus olhos.

— Eu não inventaria isso. Eu estive lá. Eu vi. E eu sei que aconteceu comigo.

— Você estava angustiada por causa de seu pai — disse Lúcia devagar. — Mágica não existe.

— Eu nunca *disse* que era mágica — Júlia insistiu. — Foi o Senhor dos Exércitos, e ele tem um tipo diferente de poder.

Lúcia começava a se sentir desconfortável. Ela acenou com a cabeça e se levantou, deixando cair na cama o cobertor que tinha em volta dos ombros.

— Eu não vou contar para ninguém — ela prometeu novamente. — E agora, não acha que é hora de descermos para o jantar? Vamos nos atrasar se não nos apressarmos.

Júlia estava desapontada. Ela estava tão certa que Lúcia acreditaria nela. Mas pelo menos podia ficar feliz, pois estaria com Pedro durante as férias. Eles conversariam sobre Aedyn.

Então, ela se levantou, seguiu Lúcia para fora do quarto e desceram a grande escadaria até a sala de jantar, para se juntarem às outras alunas. E o tempo, todo o vento e a chuva martelavam em seus ouvidos.

Capítulo 2

A mesma chuva caía alguns quilômetros ao norte, na *King George Academy for Young Men* (Academia Rei George, para Rapazes), mas Pedro, com seu rosto sendo empurrado para dentro da lama por um menino muito maior e muito mais forte que ele, não se importava com a chuva. Ele chutou e se agitou enquanto tentava desequilibrar o menino mais velho, com uma força que ele geralmente não tinha, mas, que era causada pela raiva. Com o braço tenso, Pedro bateu na mão que o segurava para baixo e se levantou. Antes que seu oponente pudesse reagir, Pedro deu-lhe um soco no rosto com força e um filete de sangue começou a escorrer.

O grupo que estivera provocando Pedro irrompeu em aclamação quando o menino mais velho se desequilibrou para trás. Pedro ficou parado, ainda tomando fôlego e ignorando os gritos, esperando, caso outro soco viesse em sua direção. Foi então que, uma mão firme segurou seu ombro: professor Bernardo.

— Você vem comigo, Pedro. E vocês — disse —, saiam já daqui!

O círculo de meninos que rodeava a briga se desfez e se espalhou. O menino mais velho, Mário, estava de joelhos agora, segurando o nariz com as duas mãos e se lamentava. Pedro percebeu quando ele olhou de soslaio para ver se Bernardo o estava notando, mas ele não estava. Mário choramingou mais alto.

— Levante-se e vá para a enfermaria, Mário — Bernardo disse, fazendo Pedro andar. Sua mão grande segurava firme o ombro de Pedro enquanto caminhavam de volta para a escola. A chuva havia transformado o campo nevado em lamaçal, e os dois estavam ensopados quando chegaram ao prédio. O estado das coisas parecia não ter melhorado o humor de Bernardo.

— Quarta vez este semestre — ele disse, sacudindo o ombro de Pedro a cada passo dado. — Nunca vi... nunca, em todos estes anos que leciono...

Seus sapatos faziam barulho no chão de pedra enquanto ele puxava Pedro, que estava meio arrastando os pés e meio correndo para conseguir manter-se junto a ele.

Eles pararam em frente a uma porta fechada. Bernardo bateu fortemente à porta e esperou até que uma voz baixa murmurou:

— Entre.

A porta rangeu ao abrir. Um homem muito gordo, com um bigode enorme, estava sentado diante dele, envolto numa túnica preta e volumosa. Suas mãos estavam entrelaçadas sobre a barriga. Ele olhava por cima dos óculos, o homem e o menino na frente dele.

— Ah! Pedro — ele suspirou. — Então mais uma vez aqui!

Ele acenou com a cabeça, dispensando Bernardo, que deu uma última e cruel sacudida no ombro de Pedro e saiu a passos largos. O barulho do sapato ecoou pelo corredor por um instante longo e vazio.

— E o que você tem a dizer em sua defesa desta vez? — perguntou o diretor, uma vez que o barulho do sapato tinha diminuído.

— Foi o Mário, senhor — disse Pedro. — Ele estava falando sobre o torneio de arco e flecha da semana que vem, e disse que eu era um fraco e que perderia, e disse ainda que minha mãe, já morta, me ensinou a atirar.

— Ah! — disse o diretor. — E você acha que isso é razão suficiente para bater nele? Isso não é espírito esportivo, Pedro.

— Ele me bateu primeiro — disse Pedro rapidamente.

— Eu acho que nós dois sabemos que essa não é a questão — o diretor replicou.

Ele se ajeitou à cadeira, que rangeu protestando e tirou os óculos. Esfregou a têmpora com o dedão e o indicador e deu um suspiro cansado.

— Como este é o terceiro, não o quarto, não é?... Sim, o quarto incidente deste semestre, vamos avisar o comandante a respeito de sua conduta. Este comportamento simplesmente não será mais tolerado. Está entendido, Pedro?

Pedro acenou com a cabeça.

— Sim, senhor.

— Bom — o diretor colocou os óculos novamente. — Pode ir embora. Quem sabe o comandante consiga colocar algum juízo em sua cabeça durante as férias.

Pedro saiu do escritório e fechou a porta. Encostado na parede do lado de fora da sala do diretor, ele limpou o rosto com a mão, tentando retirar um pouco da lama da bochecha, que já estava secando. Mário era um brigão e um patife. Ele poderia se safar de qualquer coisa, e isso só porque o pai dele fazia parte da diretoria da escola. Mário maravilhoso, Mário perfeito, jamais provocaria uma briga. E agora o pai de Pedro ficaria sabendo.

Pedro respirou fundo, com medo do castigo que o esperava em casa. No passado, ele teria levado um sermão e isso seria tudo — nos dias anteriores a Bertram e Luísa e a Perversa Madrasta. Agora seria pior. Muito pior.

⌒

Júlia ouviu os berros assim que abriu a porta. Seus ombros caíram ao ouvir o nome de Pedro no outro cômodo — O tom era como se algo estivesse trazendo desgraça para o nome da família. Algo a ver com espírito esportivo e controle de humor... Alguma coisa como ensinar-lhe uma lição. Ela queria largar as malas ali e correr para o seu quarto — correr para algum lugar onde não pudesse ouvir aquele homem assustador, que não parecia mais seu pai.

Antes de poder fugir, porém, ouviu passos na escada e olhando para cima viu uma menina, quase da sua idade, descendo. Havia em seu rosto um sorriso malicioso, decidido, satisfeito; e ela cantava baixinho com os lábios fechados. Seu cabelo castanho estava puxado para trás em duas tranças, e os olhos pequenos e cinza estavam congelados numa piscada: Luísa.

— Olha quem está de volta — ela disse, parando com o cantarolar. — A pequena e boba Júlia, a menina que ninguém nunca amou, está em casa para o Natal.

Júlia teve um profundo desejo de puxar uma das longas tranças de Luísa.

— O que está acontecendo lá dentro? — ela perguntou, acenando em direção à porta do escritório do pai.

— Oh! Você ainda não sabe? Pedro se meteu em mais uma briga na escola. O diretor mandou uma carta. Disse que se acontecer novamente ele será expulso.

Um som de pancada, e depois um grito abafado. O rosto de Júlia ficou branco enquanto o sorriso de Luísa aumentou.

— A mamãe disse que ele está totalmente fora de controle, e deve ser mandado para uma escola especial para casos sem esperança.

— De fato...

Uma mulher alta e magra apareceu na escada, e Júlia olhou para cima quando ouviu a voz da madrasta. Seus cabelos escuros puxados para trás em um pequeno coque, e os vincos grossos de seu vestido apenas enfatizavam a severidade do seu rosto. Os lábios de sua madrasta forçaram um leve sorriso.

— Bem-vinda, Júlia. Esperamos que sua conduta tenha sido mais apropriada que a de seu irmão.

— Sim senhora.

— Muito bem, então. Leve suas coisas para cima para o seu quarto e troque de roupa — seu nariz se enrugou ao olhar para a roupa amarrotada com a qual ela viajara — e vista algo mais apropriado para uma mocinha. O jantar é daqui a uma hora.

— Ela deu o mesmo sorriso escasso e Júlia subiu para o seu quarto, tentando não ouvir o choro abafado que vinha do escritório do pai.

— Eu não quero que você passe muito tempo ao lado de nenhum dos dois, querida — sua madrasta disse a Luísa, mas numa altura, que Júlia tinha certeza que era para ela ouvir. — Eles são uma terrível influência para você e para o Bertranzinho. A mãe deles deve ter sido uma mulher terrível.

Não teve jantar para Pedro naquela noite, e só depois que mandaram Júlia para cama foi que ela deu um jeito de passar às escondidas para o quarto dele. Seu irmão estava sentado na cama, com um livro aberto nos joelhos. Havia um olhar duro e amargo em seu rosto, mas que suavizou quando viu a irmã.

Ela parou nos pés da cama.

— Sinto muito — ela disse. — O papai foi horroroso.

Pedro deu de ombros.

— Eu pensei que seria diferente. Sabe, depois de Aedyn, depois de tudo que passamos lá. Eu pensei que seria mais fácil estar na escola e lidar com o papai e... Eu simplesmente achei que seria diferente.

— Eu também.

— Nós derrotamos o Chacal, o Leopardo, e o Lobo. Eu pensei que saberia lidar com o diretor.

— Ou pelo menos lidar com Luísa e Bertram — Júlia deu um sorriso, e quando Pedro viu, ele já estava dando uma risada.

— O Bertranzinho. Nós vamos nos divertir com ele nas férias, né? Oh... — Pedro pulou da cama e pegou sua mochila da escola, que ainda estava intacta do lado de dentro da porta. Ele abriu a mochila e tirou um pequeno pacote embrulhado num papel marrom e com laço. — Para você — ele deu o pacote para Júlia. — Eu comprei para você. Feliz Natal!

Júlia recebeu o pacote de sua mão, desamarrou-o cuidadosamente, tirou o papel e viu um livro usado com capa de couro: *Alice no país das maravilhas*. Ela olhou surpresa para Pedro.

Você estava certa... A respeito dos sonhos, de outros mundos e tudo mais... E então foi a vez de Pedro ficar surpreso quando Júlia colocou os braços em volta dele.

Capítulo 3

O Natal foi triste, é claro. Naquela manhã, Pedro e Júlia acordaram e encontraram um novo tapete de neve cobrindo a casa, as árvores, o quintal, e ambos sentiram o tilintar familiar de expectativa que vem numa manhã como essa. Mas não durou muito.

Eles desceram e encontraram o pai, a madrasta, Bertram e Luísa, todos sentados tomando chocolate quente e rindo juntos como... Bem, "como uma verdadeira família", Júlia pensou. As duas crianças já tinham escolhido os presentes que queriam abrir primeiro.

Luísa ganhou uma casa de boneca e Bertram uma nova vara de pescar e uma caixa com todo o equipamento, inclusive a isca — para que possamos pescar juntos na primavera — o comandante disse. Júlia ganhou um vestido que ela acreditava ter sido de Luísa (julgando pelo sorriso forçado) e um pingente de sua avó. Ele era trabalhado em uma pedra verde e na forma de uma estrela com seis pontas compridas. Ele estava numa corrente de ouro e com ele veio um bilhete:

Eu encontrei isto perto do laguinho, Júlia querida. Não tenho ideia de onde veio, mas, é algo que parece combinar com você. Um pingente muito fora do comum, mas espero que você goste. Muito amor e um Feliz Natal.

Júlia segurou o pingente na palma quente da mão. Algo parecia familiar nele — algo que não sabia exatamente o que era. Ela colocou a corrente em volta do pescoço e tocou o pingente por dentro da gola da camisola. A pedra estava fria em sua pele.

Pedro ganhou do pai uma caixa de veludo, usada. Ela abria com uma dobradiça e dentro tinha uma bússola embaçada, velha.

— Essa bússola já passou por muitos temporais comigo — disse o comandante. — Eu espero que ela sirva para você refletir sobre como orientar bem o curso da sua vida.

A madrasta o interrompeu concordando:

— Seu pai está certo. Você precisa de direção.

Pedro olhou para o pai, olhou para a bússola e depois olhou para a nova vara de pescar de Bertram.

— Obrigado, pai — ele disse e jogou a caixa no bolso do roupão tentando esquecer aquele episódio.

Depois de abrirem os presentes, as crianças subiram para trocar de roupa para o almoço de Natal. Júlia tirou o colar e

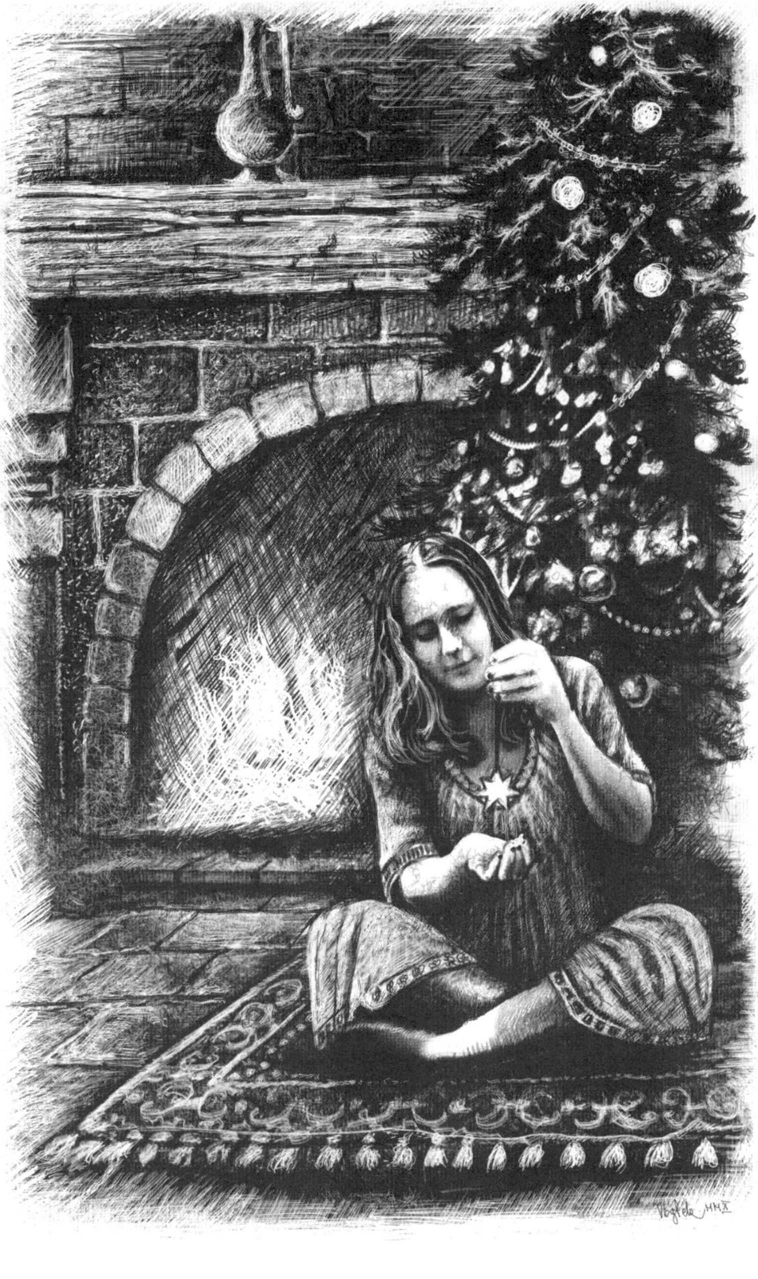

colocou o vestido novo, se virando na frente do espelho para ver como tinha ficado. Ele não serviu bem — muito grande na cintura e muito apertado nos ombros. Definitivamente tinha sido de Luísa. Mas seu pai sorriu e, quando a viu disse:

— Aí está a minha menina— esta era a primeira vez que ele dizia isso desde que tinha se casado de novo, e ela foi ao seu encontro para ganhar um abraço. Ele a segurou firme e bem perto, e ela respirou o aroma familiar de tabaco e do pós-barba.

— O senhor — ela fez uma pausa não querendo estragar o momento. — O senhor sente saudades da mamãe?

Ela escutou o pai respirar — uma vez, duas vezes, três vezes.

— Claro que sim. Sinto falta dela todos os dias.

Júlia apertou os braços em volta da cintura dele, pressionando a bochecha nos botões da sua camisa.

— Eu também — ela disse.

— Mas agora você tem Luísa para brincar com você, querida, e somos uma família completa novamente.

Júlia se enrijeceu e se afastou de seu pai.

— E esse é o melhor presente de Natal, você não acha?

Ela forçou um sorriso.

— Sim, papai. O melhor que poderia ser.

O comandante deu um tapinha no seu ombro.

— Vá lá querida e avise a cozinheira que estaremos prontos logo. Pudim de ameixa, Júlia... Não é bom?

— Muito bom, papai.

Não era bom. Pedro estava de mau humor e sentou com tristeza à mesa, pegando um pedaço do assado e amassando algumas ervilhas com o garfo. Júlia estava quieta porque Pedro estava quieto, e Bertram — o horrendo Bertram — preencheu o silêncio com uma longa história de como ele tinha conseguido que um menino da escola se desse mal.

— Ele estava assoando o nariz no banheiro durante a aula de ciências — Bertram disse —, e eu falei para o professor Ronaldo que ele estava lá, e vocês deveriam ter visto como ele saiu! Ele estava todo vermelho e se debulhando em lágrimas, e ele apanhou por ter cabulado a aula.

— Que falta de espírito esportivo — Pedro disse, e a mesa ficou em silêncio. Júlia apertava o punho em volta da faca. Suas juntas já estavam brancas.

— Rapazes — disse o comandante, tomando um longo gole de vinho —, quem não sabe o significado de agir corretamente não deveria estar dando lição de moral.

Seus olhos se moveram do vinho no fundo do copo para o rosto pálido de seu filho.

— Peça desculpas, Pedro.

Pedro empurrou a cadeira para longe da mesa. Ficou em pé. Pegou seu copo de água e jogou a água diretamente no rosto gordo de Bertram.

※

Algumas horas mais tarde, Júlia bateu mais uma vez à porta do quarto de Pedro. Depois de várias batidas na porta, ainda não tinha resposta.

— Sou eu — ela disse na porta. — Eu trouxe algumas coisas da cozinha.

Ela ouviu um resmungo do outro lado da porta e achou que era suficiente como permissão para entrar.

Pedro estava em pé ao lado da cama, colocando uma trouxa de roupa dentro de um saco. Ele estava de chapéu e de botas, e seu casaco de inverno estava desabotoado em cima dos ombros. Um cachecol e um par de luvas — luvas de couro, provavelmente de Bertram — estavam ao lado do saco.

Júlia entendeu tudo com apenas um olhar.

— Para onde você vai? — ela perguntou.

— Embora — disse Pedro. — Para Oxford, talvez. O vovô e a vovó vão me entender.

Júlia colocou o prato com o sanduíche que havia trazido da cozinha em cima da cômoda de Pedro. Ela pensou por um instante.

— Posso ir com você?

— Claro que não. Você me atrasaria — Pedro dobrou seu suéter azul-marinho de modo desajeitado e enfiou no saco empurrando as coisas para fazer espaço.

— Eu não — disse Júlia. — Você acha que quero ficar aqui mais um minuto? Eles são tão terríveis comigo, especialmente desde que pensam que você tentou afogar o Bertram. Deixe-me ir, Pedro.

Ele sacudiu a cabeça e acabou de arrumar as coisas, mas Júlia agarrou seu casaco, virou-o para que ele olhasse pra ela.

— Eu vou. Eu encontro você lá atrás daqui a dez minutos. Dê-me só dez minutos, está bem?

Pedro começou a falar e parou sua boca aberta. Ele acenou em direção ao sanduíche que ela deixara em cima da cômoda.

— Não se esqueça de embrulhar. Poderemos ficar com fome no caminho.

Doze minutos mais tarde (foram dois minutos a mais para embrulhar os sanduíches, Júlia disse) eles se encontraram na porta dos fundos. Júlia estava toda agasalhada em várias camadas de cachecóis e tinha seus patins de gelo amarrados, pelos cadarços, na sua sacola.

— Patins? — disse Pedro.
— Para o lago em Oxford — disse Júlia.
— Ah! — disse Pedro. E saíram.

Tiveram que atravessar um longo trecho de gramado antes de chegarem às árvores na rua, e Júlia andou desejando que ninguém resolvesse olhar pela janela, na hora que eles estivessem fugindo. Nisto ela não teve tanta sorte, mas ainda demoraria alguns minutos até que ela descobrisse. Pedro estava com sua bússola e insistia que o caminho mais curto até a estação de trem era, de fato, pelo bosque.

— Eu não me importo — Júlia disse. — Vamos nos perder se não formos pela estrada. Você se lembra como foi difícil encontrar o caminho naquelas florestas de Aedyn. Devemos ter nos perdido umas cem vezes.

— Mas seremos vistos se formos pela estrada — disse Pedro. — Venha. Norte pelo nordeste — ele mergulhou na mata, e Júlia não teve escolha, senão seguir.

Logo ficou evidente que eles deveriam ter saído algumas horas antes, se quisessem mesmo ir embora, porque a noite estava começando a aparecer no céu e os galhos das árvores acima deles estavam começando a fazer longas sombras por cima da neve. Eles andaram rapidamente, não falando muito. Pedro olhava a bússola de tempos em tempos, às vezes mudando um pouco a direção para ficar perfeitamente no caminho, e Júlia o seguia, pisando nas pegadas dele, que eram maiores.

Não fazia dez minutos que tinham chegado ao bosque — mas parecia muito mais na verdade — quando chegaram a um riacho. O riacho estava cheio com o gelo derretido e a chuva do temporal, e correndo mais depressa do que eles tinham visto no verão. Pedro parou, sem ter certeza como continuar, e verificou sua bússola novamente. Não havia como pular o riacho agora.

— Ah! Francamente — disse Júlia. — Você sabe que nunca vamos conseguir atravessá-lo assim.

— Se estivesse pelo menos um pouco mais frio eu suponho que você poderia muito bem atravessar com seus patins! — disse Pedro imediatamente.

— Eu não acho que ficará mais estreito se nós o seguirmos...

— Não. Ficará pior mais à frente. Este é o único lugar que poderemos pular. Você não se lembra? Nós costumávamos fazer isso quando éramos crianças.

Pedro virou a bússola para um lado, quem sabe esperando que contasse uma história diferente.

— Então eu suponho que voltaremos para a estrada.

— Não, nós seremos vistos. Eu já disse!

Júlia colocou a mão na cintura e levantou o queixo de uma maneira que condizia com a Escolhida de Aedyn, e Pedro talvez tivesse cedido se tivesse tido a oportunidade. De fato, ele já tinha aberto a boca para dizer: "Está bem, faça da sua maneira", mas outra voz — uma voz fina e nasal falou primeiro.

— Desobedientes, desobedientes, tentando fugir! Esperem até que o pai de vocês saiba disso! — era Luísa, em pé um pouco atrás deles e meio escondida nas árvores. O coração de Pedro foi parar no estômago. Ela estragaria tudo. Tudo.

— Vá embora Luísa — disse Júlia severamente, seu queixo pontudo ainda erguido. — Não queremos você aqui. Volte para casa e vá tagarelar sobre nós como a garota desagradável que você é.

— E se eu contar eles vão saber exatamente onde encontrar vocês — provocou Luísa. Pedro e Júlia olharam para baixo: ela estava certa. Suas pegadas na neve eram tão claras como o dia, para quem quisesse segui-las. Luísa colocou as mãos para trás e começou a cantar com os lábios fechados — "ela sempre cantava assim", pensou Júlia.

— Da próxima vez — disse Pedro à sua irmã —, lembre-me de fugir no verão.

E lembrando-se da força que veio aos seus dedos quando ele segurou o arco e flecha e enfrentou os tenebrosos lordes de Aedyn, Pedro se ajoelhou, pegou um punhado de neve, fez uma bola, e jogou em Luísa.

Ela gritou e levantou as mãos, mas não com a rapidez que deveria, e a bola bateu no seu nariz. Pedro deu risada e lançou mais uma, e mais uma, até que Luísa começou a correr. E ele não pode ser culpado pelo fato de ela ter perdido o rumo e corrido em direção ao riacho e não de volta para a direção em que tinha vindo.

A água proveniente do degelo é supergelada e Luísa gritou ao cair. Júlia também começou a gritar e ambos correram para ajudá-la. Mas, ao correrem para a água, perceberam que não estavam na margem do riacho, mas na extremidade de um abismo gelado, e antes que pudessem gritar, os dois caíram.

Capítulo 4

— *Saia*! *Saia* de cima de mim!

Pedro retomou os sentidos e rolou para o lado. Uma Luísa ofegante, falando apressada e confusamente, deitada de barriga para cima, seu forçado sorriso perpétuo foi substituído por um olhar de completo terror.

— O que... Para onde você me trouxe? O que você *fez*? — ela estava praticamente gritando.

— *Eu* não fiz nada. *Você* foi quem nos seguiu e depois *você* correu para o lado errado e nós tivemos que resgatá-la.

— E que resgate! Que lugar é este?

Pedro olhou ao redor. Eles estavam dentro de uma imponente sala de pedra. Candelabros pendurados no teto bem acima da cabeça deles e um trabalho em pedra, muito aprimorado, cobria as paredes. Ele olhou ao redor procurando Júlia e a encontrou caída na outra extremidade da sala. Enquanto ele observava, ela se apoiou e ficou em pé, olhando para fora de uma pequena janela. Ela virou para eles, e Pedro reconheceu o sorriso no seu rosto.

— Estamos de volta — ela disse de maneira simples. — Nós conseguimos voltar.

— Conseguiram voltar para *onde?*

— Oh! fique quieta — Pedro repreendeu Luísa. Ele se levantou rapidamente e foi até a janela, ao lado de Júlia. A janela era comprida e estreita, mas eles estavam bem no alto e ele conseguia ver um longo caminho, por colinas e vales, tudo exuberante e verde, do jeito que ele se lembrava. Ele respirou fundo, deixando que o ar de Aedyn enchesse seus pulmões, e pela primeira vez durante um bom tempo ele sentiu que estava em casa.

— Está tudo tão quieto — disse Júlia, e Pedro percebeu que tudo estava realmente em silêncio. Eles estavam no Grande Salão da fortaleza de Aedyn — ali estava a plataforma onde ficavam os três tronos dos lordes de Aedyn, e mais ali estava o ponto escuro no chão onde ele os ensinara a usar a pólvora — mas não havia nada do barulho comum e da agitação que se esperaria ouvir no castelo. Nenhum servo fazendo suas tarefas, ninguém andando de forma pesada e sôfrega no chão de pedra.

— O que está *acontecendo?* — choramingou Luísa atrás deles. Pedro reprimiu um gemido, Júlia virou-se, foi até ela, estendeu a mão e ajudou-a a ficar em pé. — Nós estamos num lugar chamado Aedyn. É um tipo de mundo diferente, e acho que fomos chamados para cá. Pedro e eu já estivemos aqui antes, então você vai ter que confiar em nós, está bem?

— Mas como vamos para casa? — Luísa choramingou. Júlia parou no momento em que ia se zangar e tentou falar pacientemente.

— Eu ainda não sei. Primeiro precisamos descobrir por que estamos aqui — ela virou a cabeça para olhar para Pedro.

— Certo?

— Certo. E nós começaremos tentando descobrir para onde foram todas as pessoas.

Ele andou em direção à grande porta de madeira na extremidade oposta do Grande Salão e, com muita força, empurrou e abriu a porta.

— Sigam-me, mocinhas — ele disse.

O restante do castelo estava tão vazio quanto o Grande Salão. Não havia sinais de grande luta e o lugar não parecia abandonado. Não havia poeira nas janelas ou nas cadeiras e toda a mobília estava perfeitamente em ordem. De fato, parecia que os ocupantes do castelo teriam simplesmente desaparecido.

Júlia e Luísa seguiram Pedro por um longo corredor forrado de tapeçarias de parede. No final do corredor ele abriu outra porta — esta não tão pesada e enfeitada quanto a da entrada do Grande Salão. As três crianças entraram numa sala iluminada pelo sol da tarde. Enormes postas de carne seca estavam dependuradas no teto e panelas alinhadas na parede. Mesas compridas gemiam sob os sacos protuberantes e tigelas pesadas. O fogo na grelha parecia ter sido apagado há algum tempo, mas uma panela preta grande cheia de algum tipo de sopa estava suspensa por correntes em cima das cinzas.

— É melhor comermos alguma coisa — sugeriu Júlia. — Não sabemos o que vamos encontrar lá fora, e pode levar algum tempo até que possamos ter uma refeição decente novamente. Lembra da última vez, Pedro?

Ele deu um sorriso forçado e infeliz. Ele, de fato, se lembrava. Quando chegaram a Aedyn, eles não comeram ou beberam durante quase um dia inteiro, e ele não gostaria que essa experiência se repetisse.

— Concordo. Vamos levar o que pudermos carregar. Júlia, veja se consegue achar alguns odres para água, e Luísa, você pega um pouco daquela linguiça — ele gesticulou em direção a uma longa corda que estava pendurada perto da cabeça dela.

— Coloque aqui dentro — ele disse e jogou sua mochila. Ela pegou e olhou para ele.

— Por que eu deveria fazer isso?

— Porque se você não fizer, nós vamos deixá-la aqui sozinha para sempre — disse Pedro. — Vamos, ao trabalho.

Ela olhou fixamente para ele meio confusa e puxou a corda com as linguiças e começou a colocá-las na mochila. Pedro pensou que ela estivesse chorando, mas em vez disso, ela começou a cantar com os lábios fechados. Sua voz não estava tão fina quanto era em casa, e fosse qual fosse a melodia que estivesse cantando, não era tão desafinada.

Júlia, nesse meio-tempo, tinha achado alguns odres de vinho e começava a mover o longo braço da bomba de água no canto da cozinha. Para cima e para baixo ele se movia, para cima e para baixo. Ela fez um sinal para Pedro, e ele veio para segurar os odres em baixo d'água.

— Você não precisa ser tão rude com ela — Júlia disse.

— Eu? Rude?

— Você sabe o que quero dizer — disse Júlia, suas sobrancelhas se enrugaram ao se concentrar em sua tarefa. — Ela é uma infeliz, mimada, e não será fácil para ela estar aqui. O mínimo que podemos fazer é sermos bondosos com ela.

— Bondosos? Quando foi a última vez que ela foi bondosa conosco?

— Nunca. Mas isso não significa que não possamos lhe mostrar um pouco de bondade.

Pedro olhou para a irmã de criação.

— Tudo bem — ele disse. O odre estava cheio, quase estourando, e Pedro o tirou debaixo da corrente de água, fechou bem o gargalo, e empurrou o próximo para debaixo da bomba.

— Parece azar. Nós finalmente voltamos para cá, e tivemos que trazê-la conosco.

— Eu sei — Júlia deu de ombros e parou de bombear. A água começou a gotejar, o suficiente para Pedro encher o último odre. Ele fechou o gargalo desse odre também.

— Você já acabou de arrumar as linguiças? — ele perguntou para Luísa.

— Já — ela colocou a mochila no ombro. — E agora, você me diz aonde vamos?

— É isso que estamos tentando descobrir, — disse Pedro. — Aqui — ele abriu a porta de um armário e olhou dentro — tem pão e queijo neste armário — ele tirou dois pães duros e um queijo e os empurrou por cima do balcão para Luísa. — Você pode carregar estes também?

Eles saíram da cozinha da mesma maneira que entraram e deixaram o castelo por um caminho sinuoso que passava pela vila e ia em direção ao prado verde. O que Pedro e Júlia se lembravam como sendo uma trilha de animais agora era uma alameda transversal que ia... Pedro tirou a bússola de seu bolso e a abriu: sul. A alameda devia ir em direção ao mar.

Júlia, andando ao seu lado, estava notoriamente feliz. Era estranho ter sido chamada para cá de novo, certamente, mas o formigamento na ponta de seus dedos lhe avisava que uma aventura estava próxima. E fossem quais fossem os perigos que estivessem à frente, ela estava livre da escola, das notas e do horrendo Bertram e do mais horrendo...

Os sons satisfeitos de uma mastigação ruidosa vieram de trás e lembraram Júlia de que ela e Pedro não estavam sozinhos nessa aventura. Ela virou e viu que Luísa já tinha achado que podia pegar um pedaço de pão. Ela tirara um pedaço grande e o carregava em sua mão, consumindo pedaços enquanto andava.

— Você *acabou* de comer a comida do almoço de Natal, há algumas horas — Júlia a lembrou. — E nós vamos precisar desse pão logo.

— Precisar para que? — Luísa perguntou ainda com a boca cheia de migalhas. — Eu pensei que estivéssemos tentando ir para casa. Não estamos indo para casa?

— Com o tempo, eu suponho que sim — disse Júlia. — Mas antes que façamos isso, precisamos primeiro descobrir por que fomos chamados para cá.

— Vamos apanhar por estar fora tanto tempo — Luísa arrancou mais um pedaço de pão com os dentes. — Pelo menos vocês dois vão. Vou contar para a mamãe que vocês me forçaram a vir, e que me prometeram doces, e depois me deixaram no bosque. E então ela vai mandar vocês dois para aquela escola especial para crianças horrendas e vocês nunca mais poderão vir para casa nas férias.

Pedro estava prestes a dizer algo particularmente desagradável — Júlia podia ver no seu rosto — mas antes que ele pudesse abrir a boca, os três escutaram um tipo de som diferente. Era o grito bem forte de uma mulher.

Capítulo

5

Pedro e Júlia não precisavam olhar um para o outro. Eles estavam correndo, o mais depressa que suas pernas podiam, em direção à praia, ao lugar de onde partira o grito.

Luísa ficou para trás quase que imediatamente. Ela não era atleta e não tinha a mesma resistência que Júlia e Pedro, além de que ainda estava mastigando o pão, e com o peso da mochila com a comida nas costas. Quando finalmente conseguiu alcançá-los, Pedro e Júlia estavam agachados atrás de uns arbustos, cochichando e apontando para alguma coisa que ela não conseguia ver.

— O que *é?* — Luísa perguntou. Ela jogou a mochila no chão e observou atentamente por cima dos arbustos o topo da cordilheira. Eles estavam em cima de uma duna que descia até o mar cintilante, e havia um navio no mar... mas isso foi tudo que ela viu antes que Pedro a puxasse rudemente para baixo para o mato alto.

— Fique *abaixada!* — ele sibilou. — Não podemos ser vistos, você não entende?

— Mas talvez alguém lá embaixo saiba voltar...

— *Quieta!*

Luísa fechou a boca, sentou-se no chão e começou a chorar. Pedro deu um olhar desmoralizador, resistindo ao forte desejo de lhe dar um chute, e voltou a espiar a praia.

— Logo ali... não, ali — disse Júlia apontando. — Você consegue ver? A mulher que estava gritando, ela deve estar com eles — Pedro acenou com a cabeça. Uma chalupa tinha acabado de sair da praia, e nela eles conseguiam reconhecer alguns vultos desgrenhados sendo levados para o mar por seis guardas uniformizados. — Mas para onde estariam indo?

— Olhe — disse Pedro. Júlia lançou o olhar por cima do horizonte e viu uma escuna ancorada em águas profundas. Ela estava alta na água, suas velas ondulavam em três enormes mastros. A chalupa mais perto da praia era uma de doze que remavam firmemente em direção a ela, todas elas repletas daqueles guardas e seus prisioneiros desgrenhados.

— O que faremos?

— Faremos? Nós vamos para casa, para casa para a mamãe e... Bertranzinho! — Luísa estava chorando atrás dos arbustos.

Pedro levantou uma sobrancelha para sua irmã.

— Deveríamos tê-la deixado no castelo — ele resmungou. Júlia escolheu ignorá-lo.

— Aqueles guardas, estão levando todas as pessoas... por que estão levando as pessoas?

— Não sei — Pedro replicou. — Mas aposto que foi por isso que nos trouxeram aqui.

Júlia acenou com a cabeça, seus olhos ainda estavam fixos na escuna.

— Mas como vamos descobrir para onde vão? A não ser que tenham deixado um barco, não poderemos segui-los.

Os olhos de Pedro examinaram cuidadosamente o contorno da costa.

— Tem junco lá embaixo. Nós os cortaremos e nadaremos, respirando pelos tubos. Nós os usaremos como *snorkel*!

— Muito esperto Pedro. E se nos cansarmos e não conseguirmos alcançar o navio?

— Ah! Percebi a dificuldade.

As chalupas agora já tinham quase todas alcançado a escuna, e Pedro e Júlia observavam de longe enquanto os prisioneiros embarcavam no navio. Talvez fossem pessoas que eles conhecessem, ou os filhos daqueles que eles conheceram. Foi um processo longo e vagaroso — os prisioneiros não pareciam desejosos de embarcar na escuna — e só um de cada vez podia subir na frágil escada de corda. Porém, finalmente terminaram e uma após a outra as chalupas foram içadas de volta à escuna.

— Nós deveríamos descer até a praia — disse Pedro —, para ver se eles deixaram alguma coisa...

Júlia acenou com a cabeça e se levantou. Luísa ainda estava chorando.

— Luísa, não temos tempo para isso — Júlia disse severamente. — Alguns de nossos amigos estão em apuros, e precisamos ajudá-los.

Luísa olhou por entre os dedos que tinha colocado no rosto enquanto chorava.

— Está bem — ela disse.

Talvez você já tenha tido a oportunidade de correr duna abaixo — durante as férias, quem sabe. Se já teve, vai entender o imenso prazer que se tem da sensação de tropeçar e cair várias vezes enquanto corre, a areia quente entre os dedos dos pés ao tentar ficar em pé, o êxtase de cair e rolar repetidas vezes, os pés não conseguindo manter o passo, até que você desaba lá embaixo.

Pedro, Júlia e Luísa, porém, não tiveram essa experiência enquanto desciam a duna. Eles estavam tentando ser cuidadosos, quietos, e sobretudo, Pedro e Júlia tentavam evitar que Luísa se machucasse e começasse a chorar de novo. Pedro achou que estar com ela era como ter uma criança sempre por perto.

Eles não encontraram nada na praia. Nem prisioneiros, nem guardas, nenhuma chalupa e nada que pudesse lhes dar uma pista de onde os invasores teriam vindo e para onde levavam os prisioneiros. Algumas pegadas na praia, e isso era tudo. Pedro deu um chute com força e espirrou areia para cima. Sem saída.

— Eu queria que Gaius estivesse aqui — Júlia disse, olhando para a escuna, que já tinha içado a âncora e virava em direção ao horizonte. Suas velas se enchiam com o vento. — Você acha que nós deveríamos ir para o jardim?

— Que jardim? — perguntou Luísa. Ela parecia totalmente estupefata, e Júlia começou a ter dó dela. "Era muito pior para Luísa", pensou Júlia. Ela não sabia nada a respeito deste lugar, e foi lançada no meio de tudo.

— O jardim do rei — Júlia disse. — É um lugar sagrado para o Senhor dos Exércitos, e se nós formos lá poderemos ter alguma pista a respeito disso tudo.

— Senhor dos Exércitos? — Luísa perguntou confusa.

— Ele é... Bem, ele é o encarregado daqui — Júlia explicou. — Nós não podemos vê-lo, mas ele está observando tudo, e eu acho que foi ele que nos chamou.

— Venham — disse Pedro. — Vamos para o jardim. As coisas geralmente acontecem por lá.

O jardim não era longe da praia, e o caminho pela floresta fora limpo desde a última vez que caminharam por ele. O terreno estava plano e havia uma doce brisa zunindo em meio às folhas, e se não fosse por Luísa, a caminhada teria sido, de fato, agradável. Não fazia dez minutos que tinham começado a caminhar e ela já reclamava.

O sol estava quente demais, o chão era muito duro, os pássaros faziam muito barulho, a mochila era muito pesada. Ao reclamar da mochila, Pedro, como um cavalheiro, pegou a mochila com a comida, percebendo que ela estava visivelmente mais leve que quando foi arrumada. Mas um instante mais tarde Luísa decidiu que tinha andado muito. Sentou-se ao lado de uma árvore e começou a chorar.

— Acho que vamos deixá-la aqui — Pedro disse insensivelmente. — Nós nunca vamos chegar ao jardim desta maneira, e ela ficará segura até que voltemos para buscá-la.

Para falar a verdade, Júlia estava inclinada a concordar, mas ela sacudiu a cabeça.

— Você sabe que nós não podemos abandoná-la. E, além disso, todos estaremos mais seguros no jardim. Não é longe. — Ela foi até a irmã de criação e estendeu a mão para ajudá-la. — Não é longe, Luísa — ela disse novamente. E, de fato, não demorou até que chegassem ao jardim. O brilho prateado familiar lhes deu as boas-vindas, mas uma vez dentro de seus limites Pedro e Júlia perceberam que o jardim não estava como da primeira vez que o viram, todo coberto pela vegetação. Trepadeiras e ervas daninhas cresceram de forma selvagem, estrangulando os botões de flor que uma vez floresceram ali, sufocando a vida do jardim com seus espinhos. A grande fonte no centro do jardim estava seca, e a bacia de pedra repleta de musgo e líquen. Pedro e Júlia sentiram como se tivessem tropeçado numa ruína antiga, há muito negligenciada e com seu propósito esquecido.

— É isto? — disse Luísa. — É *este* seu precioso jardim?

Júlia estava angustiada demais pra responder. Pedro arrastou os pés, chutando para o lado uma quantidade indefinida de trepadeiras.

— Não estava assim quando fomos embora — ele disse. — Está deteriorando. Não imagino...

E bem nesse momento algo extraordinário aconteceu.

Houve um barulho acima deles no céu — o barulho do bater de asas pesadas. Pedro, Júlia e Luísa olharam para cima e viram uma mancha escura que logo tomou a forma de um pássaro — um falcão, Pedro disse ofegante. Ele encolheu bem as asas e caiu verticalmente na direção deles, aterrissando com uma pancada pesada perto da pedra do trono, do outro lado do jardim.

As três crianças ficaram totalmente pálidas e aterrorizadas quando o pássaro caiu, porque era um falcão, diferente de todos que já tinham visto. Ele era absolutamente enorme — do tamanho dos dragões dos contos de fada, Júlia pensou no início. Cada um de seus olhos dourados era do tamanho da cabeça das crianças, e um golpe com esse bico poderia quebrar suas colunas.

— Para trás — disse Pedro, sem tirar os olhos dos olhos do falcão. — Devagar, para dentro das árvores.

Evidentemente, até Luísa sabia que era hora de ficar quieta, pois obedeceu sem os protestos e o choro costumeiros.

O pássaro viu que eles estavam se movendo e fez um movimento brusco com a cabeça para o lado. Ele bateu as asas uma vez, e as crianças puderam sentir o vento em seus rostos.

— Será que devemos correr? — perguntou Júlia em voz baixa, e Pedro estava prestes a responder quando o falcão levantou o bico e a cabeça, abriu o bico e fez um barulho terrível. E Pedro e Júlia teriam corrido — teriam corrido até não poder mais — se Luísa não tivesse caído desmaiada.

Capítulo 6

O falcão vinha em direção a eles, suas imensas garras esmigalhando ruidosamente a terra a cada passo dado. Júlia caiu de joelhos e começou a sacudir e esbofetear Luísa com toda a força, desesperada, tentando acordá-la para fugir, fugir para qualquer lugar.

— Nós teremos de carregá-la — Pedro disse, mas já era tarde demais. Júlia sentiu a escuridão da sombra vindo de cima. Olhou e viu que o falcão estava acima deles.

O falcão curvou a cabeça para ficar no mesmo nível que eles, e Pedro ficou em pé, mais alto que quando ele ficava em pé encarando seu pai, olhando fixamente dentro daquele olho dourado. Júlia podia perceber que ele tremia e seu rosto tornara-se totalmente branco, mas ele não piscava. E enquanto estava em pé e esperava, o falcão virou o pescoço mais uma vez e tocou de leve com o topo de sua cabeça na bochecha de Pedro.

Pedro arfou e vacilou para trás como se tivesse sido golpeado, cambaleando na grama, mas depois olhou para o falcão e pensou que talvez ele o estivesse esperando. Estendeu a mão e — bem devagar — cuidadosamente — tocou a crista de sua cabeça, logo atrás dos olhos.

O falcão emitiu um som que, se fosse um gato, ele teria descrito como um ronronar. Ele abriu o bico e soltou vários guinchos. Pedro estendeu a mão novamente e acariciou com mais força desta vez, passando os dedos pelas penas escuras.

— Cuidado — cochichou Júlia da maneira mais suave que pôde. Pedro sacudiu a cabeça, seu olhar ainda estava fixo nos olhos do falcão, enquanto ele passava a mão em cima da cabeça e do pescoço do pássaro, e depois em toda a extensão de sua asa.

— Está tudo bem — Pedro disse. — Eu acho que está tudo bem.

O falcão gritou novamente e inclinou mais uma vez a cabeça para cima e para baixo, e depois arrastou os pés e se abaixou e suas costas ficaram niveladas com os ombros de Pedro. Pedro passou a mão pelas costas parando antes das penas da cauda.

— Eu acho que é para nós subirmos nele — ele disse.

Antes que Júlia tivesse tempo de protestar Pedro jogou o braço por cima do topo da asa do falcão e se arrastou para cima de suas costas, empurrando com os pés para encontrar um apoio. Finalmente, ele estava assentado de maneira triunfal em cima do falcão, balançando um pouco enquanto o pássaro ajustava sua posição, e ele sorriu para Júlia.

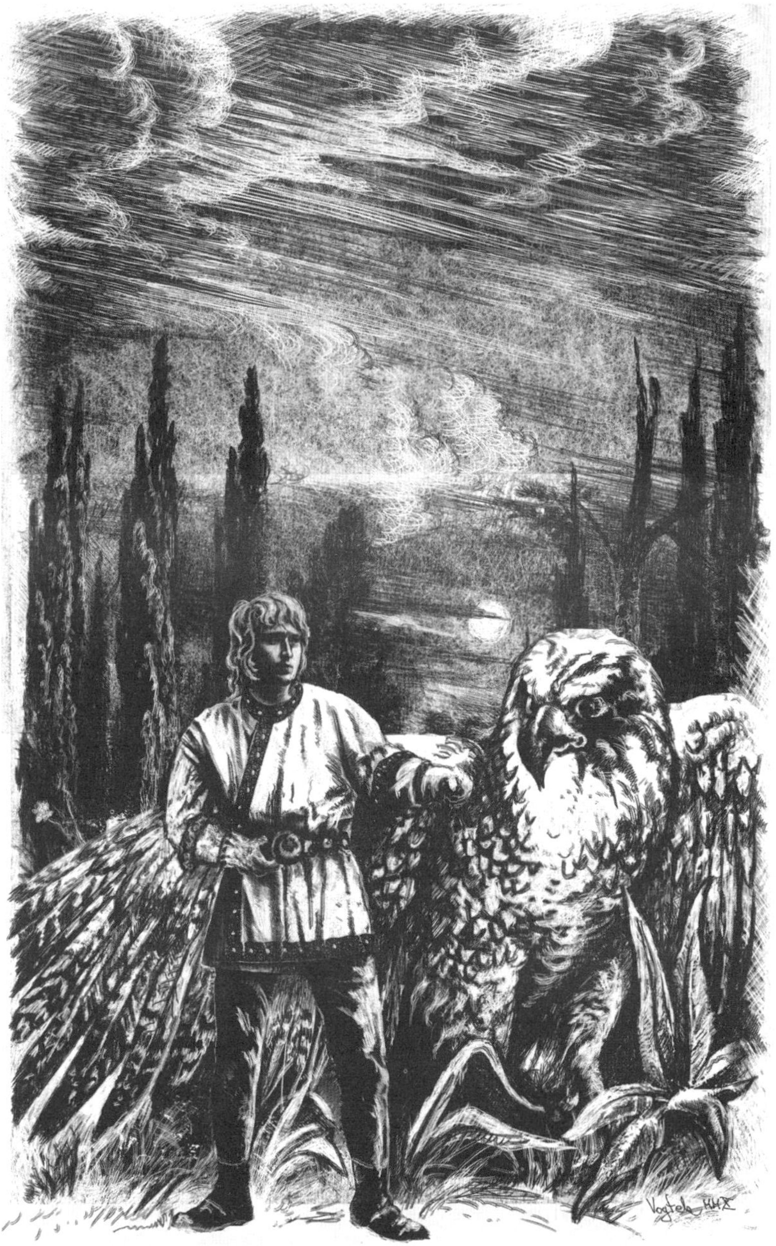

— Nenhum problema — ele disse. — Suba!

— Eu não... Pedro, não acho que seja uma boa ideia!

O olhar de Júlia ainda estava preso naquele bico afiado. Mas ele estendeu a mão e a puxou para cima, e antes que ela pudesse perceber já estava sentada atrás de Pedro com os braços apertados em volta da cintura dele, imaginando se aquele bico a alcançaria lá atrás.

— Está tudo bem — Pedro disse novamente. — Era para virmos para o jardim, você estava certa! O Senhor dos Exércitos deve ter enviado o falcão. É melhor que um navio. Podemos voar com ele até onde quer que aqueles navios estejam indo.

A única resposta de Júlia era apertar mais os braços em volta da cintura de Pedro. Derrotar os lordes tenebrosos é uma coisa, mas voar sobre o mar? O que o Senhor dos Exércitos esperava deles?

O falcão se levantou e Pedro e Júlia balançavam em suas costas enquanto se esforçavam para arranjar um lugar onde pudessem se segurar. Júlia olhou para baixo. O chão parecia muito, muito longe. E então deu um grito, pois Luísa ainda estava caída onde desmaiara.

— Luísa! Pedro, Luísa ainda está lá embaixo! Precisamos trazê-la para cima... — Mas enquanto ela falava, o falcão a pegou com suas grandes garras, bateu suas asas duas vezes, e subiu.

Júlia gritou enquanto subiam e agarrou qualquer coisa em que pudesse se segurar — principalmente em Pedro.

Pedro tinha se encurvado enquanto subiam acima das árvores, e então, vendo para onde seguiam ele levantou os braços e deu um grito.

Aedyn estava toda à frente deles. Olhando ao redor, Pedro pôde ver o castelo, o jardim e, de repente, todas as árvores se tornaram uma grande massa de floresta verde. A costa se aproximava e Pedro via as enseadas e os braços de mar e os rios que vinham do mar.

Eles sobrevoaram a duna e a praia e depois ficaram sobre o mar. O ar mudou — estava mais frio, com as gotículas salgadas pairando acima das ondas, e deve ter sido isso que acordou Luísa do desmaio. Pedro e Júlia, encurvados nas costas do falcão, sentiram que ele mudou de posição no ar. E então ouviram um grito familiar.

Não havia palavras — só um longo som bem agudo e alto. O falcão estava se equilibrando, se ajustando ao peso extra que segurava em suas garras. Júlia esticou a cabeça ao máximo que pôde ousar, mas só conseguiu ver as pontas das tranças de Luísa voando.

— Está tudo bem! — Júlia gritou. — Fique quieta Luísa. Não tem perigo!

Mas se Luísa conseguiu ouvir, não houve indicação, e demorou muito até ela parar de gritar. Depois de um tempo, os berros foram substituídos por um maçante choramingo, e um choro de vez em quando. E se era incômodo para as duas crianças que estavam nas costas do falcão, imaginem para quem estava pendurado em suas garras! Aquela não era mesmo a maneira mais confortável de viajar.

Eles voaram por cima de um mar calmo, a brisa salgada em seus cabelos, e o sol acariciando-lhes a pele. Ondas com as pontas brancas de espuma se elevavam abaixo deles, e algumas corajosas gaivotas catavam comida nas pedras em que elas quebravam. Não havia terra no horizonte, só mais água e mais ondas, mas de vez em quando Pedro e Júlia viam de relance a escuna que seguiam. O falcão se mantinha longe dela — talvez ele entendesse que não deveriam ser vistos.

— Onde você acha que ele está nos levando? — perguntou Júlia. Ela teve que gritar — o vento que soprava por cima e ao redor deles levava suas palavras embora.

— Não sei — Pedro gritou de volta. — A terra mais próxima é Khemia, mas não deve ter sobrado nada por lá. Não deve ter gente morando, pelo menos. Não depois que o vulcão entrou em erupção e todos fugiram.

Esta conversa foi recebida com o reinício de um choramingo de Luísa.

O falcão se movimentava de forma rápida e constante pelo ar, como se o próprio fôlego do Senhor dos Exércitos estivesse atrás dele. Demorou muito, muito tempo até que Júlia e Pedro pudessem avistar qualquer coisa no horizonte além de água. O sol começou a descer no céu, e com ele as nuvens explodiram formando um caleidoscópio de laranja e roxo. E no instante em que o sol se escondeu no horizonte, nesse momento mágico que não era nem dia nem noite, Pedro sentiu Júlia tombar em suas costas e largar sua cintura. Ela adormecera.

Ele se inclinou para a frente e segurou no pescoço do falcão com mais força, e apesar de ele não ter feito nenhum barulho, Pedro se sentiu quentinho e confortado pelo corpo todo. O crepúsculo virou noite, e uma a uma das estrelas familiares de Aedyn piscaram no céu. Pedro olhou para cima e orou para Aquele que os chamara, mesmo sem saber direito o que pedir. Ele ficou ali deitado e parecia que horas tinham se passado. Entre acordado e não acordado, sentia o corpo quente planando.

Pedro observava o piscar das estrelas enquanto imaginava o que estaria por vir.

Capítulo 7

O amanhecer acabava de tocar o céu quando Pedro começou a sentir uma mudança no voo do pássaro. Ele havia acabado de colocar suas asas mais perto do corpo e começava — sentiu instintivamente — a descer. Tocou de leve na perna de Júlia, sacudindo-a o suficiente para acordá-la. Ela bocejou, tirando uma das mãos da cintura de seu irmão para esfregar os olhos.

— Nós estamos... oh! — ela disse. — Ainda em cima do pássaro?!

— Eu receio que sim — disse Pedro. — Mas algo está começando a acontecer, eu acho. Olhe.

Ele apontou para um lugar logo abaixo do horizonte e Júlia pôde ver um bando de pássaros voando por cima das ondas. Gaivotas.

— Elas não viriam tão longe para o mar a não ser que tivesse terra por perto — disse Pedro.

De repente, teve uma ideia: Pedro alcançou seu bolso e encontrou a bússola que ganhara de seu pai. Ele a abriu e olhou com os olhos meio fechados na embaçada luz da manhã.

— Norte — ele disse. — Norte, via nordeste. O que está ao norte de Aedyn?

— Khemia — disse Júlia. — Deve ser Khemia.

Eles observaram em silêncio enquanto o céu clareava. As pálpebras de Pedro estavam pesadas e poderiam começar a fechar se não tivessem visto algo novo no horizonte: um grande grupo de nuvens, pintadas de vermelho pelo amanhecer. Ao chegarem mais perto, viam o pico irregular de uma montanha sobressaindo como uma faca em meio às nuvens.

O falcão se inclinou para a esquerda enquanto se aproximavam, iniciando uma descida íngreme que trouxe mais um ciclo de gritos vindos de suas garras. Pedro segurou firme em seu pescoço e Júlia segurou firme em Pedro ao caírem do céu. Pareciam ir em direção a uma floresta — diretamente para as árvores. Júlia fechou bem os olhos e gritou bem no ouvido de Pedro, quase certa de que iriam se estatelar. Ela sentiu o grande movimento das folhas e dos pequenos galhos ao seu redor e foi sacudida por uma *pancada,* enquanto o falcão aterrissava. Ela e Pedro caíram de cima das costas do falcão na areia fofa e fria. Luísa estava deitada alguns metros adiante num conglomerado de junco — parecia que fora solta antes do falcão aterrissar. Ela havia desmaiado novamente. Vendo a irmã de criação caída num amontoado no chão, Júlia deu um suspiro de alívio. Ela não estava gritando... Pelo menos por enquanto.

Pedro tinha caído de barriga pra baixo na areia e se levantou para olhar ao redor. O lugar parecia bem deserto: uma enseada, próxima ao mar e cercada por um bosque. Eles poderiam facilmente se esconder ali se houvesse necessidade. Esticou os braços acima da cabeça, e então estendeu a mão para ajudar Júlia a se levantar.

— Suponho que deveríamos tentar acordá-la — disse Pedro severamente, acenando com a cabeça em direção a Luísa.

— Tem sido muito ruim para ela — Júlia concordou, e encontrou um caminho pelo junco até a extremidade da água. Olhou cuidadosamente para ambos os lados. Não havia ninguém. Ela juntou as mãos para pegar um pouco de água. Voltou cuidadosamente pelo caminho por onde viera e jogou a água, sem cerimônia, no rosto de sua irmã de criação.

Luísa despertou ofegante falando confusamente. Pedro, percebendo que muito provavelmente ela começaria a gritar de novo, colocou a mão sobre sua boca.

— Agora, ouça bem — ele disse com os dentes cerrados.
— Eu tiro a minha mão se você prometer ficar quieta, muito quieta. Não sabemos exatamente onde estamos e não sabemos quem são nossos amigos ou inimigos, então precisamos ficar escondidos. E o mais importante de tudo: você não pode gritar. Entendeu? Você precisa ficar muito, muito quieta.

Luísa acenou com a cabeça ainda com a mão dele sobre sua boca, e Pedro tirou a mão.

— Muito quieta — ele disse novamente, e Luísa se levantou e passou a mão nos olhos. Ela havia chorado.

— Eu não queria vir pra cá — ela disse. — Eu jamais viria para este lugar abominável. Eu só queria saber para onde vocês estavam indo!

— Não, mesmo! Você estava tentando fazer que nós nos déssemos mal — Júlia corrigiu, mas Luísa a ignorou e continuou.

— E vocês me trouxeram pra cá, sem uma alma viva, ninguém que saiba me levar de volta para casa. Como se não bastasse esse horrendo pássaro me levando por cima do oceano em suas garras, agora estão dizendo que talvez haja inimigos... Oh! É horrível, simplesmente horrível! — e começou a chorar novamente.

Pedro deu um suspiro totalmente saturado e olhou para o falcão que estivera esperando pacientemente na extremidade da clareira. Ele tinha erguido a cabeça e olhava para Luísa de maneira curiosa. Abriu o bico e deu um daqueles gritos lancinantes.

— Eu gostaria que ele pudesse falar — disse Júlia. — Eu imagino o que ele poderia nos contar a respeito disso tudo.

— Nada — gemeu Luísa. — Ele não diria nada, porque ele é um pássaro horrendo e rude e se o Bertranzinho estivesse aqui atiraria nele! — sua voz estava ficando mais alta, e Júlia pensou que ela, provavelmente, já tinha esquecido que tinha de ficar quieta.

O falcão bateu as asas uma vez, levantando a cabeça para o outro lado, e Luísa choramingou suavemente enquanto andava com dificuldade até o abrigo de junco. Pedro suspirou novamente e passou a mão no cabelo despenteado pelo vento. Ele não tinha a mínima ideia do que fazer.

— Suponho que teremos que explorar o lugar — ele falou para Júlia. — Poderemos descobrir se o navio chegou com os prisioneiros, e o que vão fazer com eles. — Júlia acenou com a cabeça, e depois hesitou enquanto ambos olhavam para Luísa chorando.

Ficaram em silêncio por alguns instantes.

— Nós a ajudaremos — Pedro disse finalmente. — Não podemos apenas ficar aqui.

Ele pegou a bússola de seu pai no bolso, abriu-a, estudou-a por um instante, e apontou para a direita.

— Para lá — ele disse. Pegou a mochila com a comida — o que restara dela — e Júlia, decidindo não questionar o senso de direção de Pedro, foi até o junco e ajudou Luísa a se levantar.

— Venha — disse ela. — É hora de irmos.

A caminhada foi difícil — mais difícil do que fora em Aedyn. Não havia trilha, e tudo que tinham para seguir era a bússola de Pedro. Eles tiveram que se arrastar sobre enormes rochas e se abaixar sob árvores caídas, e não demorou até que os três estivessem cobertos de lama, de picadas de insetos, que havia em grande quantidade ao redor deles, e de arranhões dos pés à cabeça. As reclamações de Luísa adquiriram um tom desesperador, o que significava que logo ela estaria chorando. Júlia, que acreditava não odiar mais nada no mundo tanto quanto altura, estava descobrindo que, na verdade odiava muito mais o som intermitente dos insetos de Khemia. E não pensou mais em ajudar Luísa. Pedro ficou focado no terreno, se movendo lentamente, mas sempre para o leste.

Ao andar sentiram o cheiro de algo podre no ar. Ficava mais forte à medida que andavam com dificuldade sobre o terreno áspero. Perceberam que estavam segurando a respiração, respiravam com dificuldade o ar estagnado apenas quando seus pulmões estavam prontos para estourar.

— Oh! é horrível — Luísa gritou finalmente. — Tem cheiro de algo podre e morto.

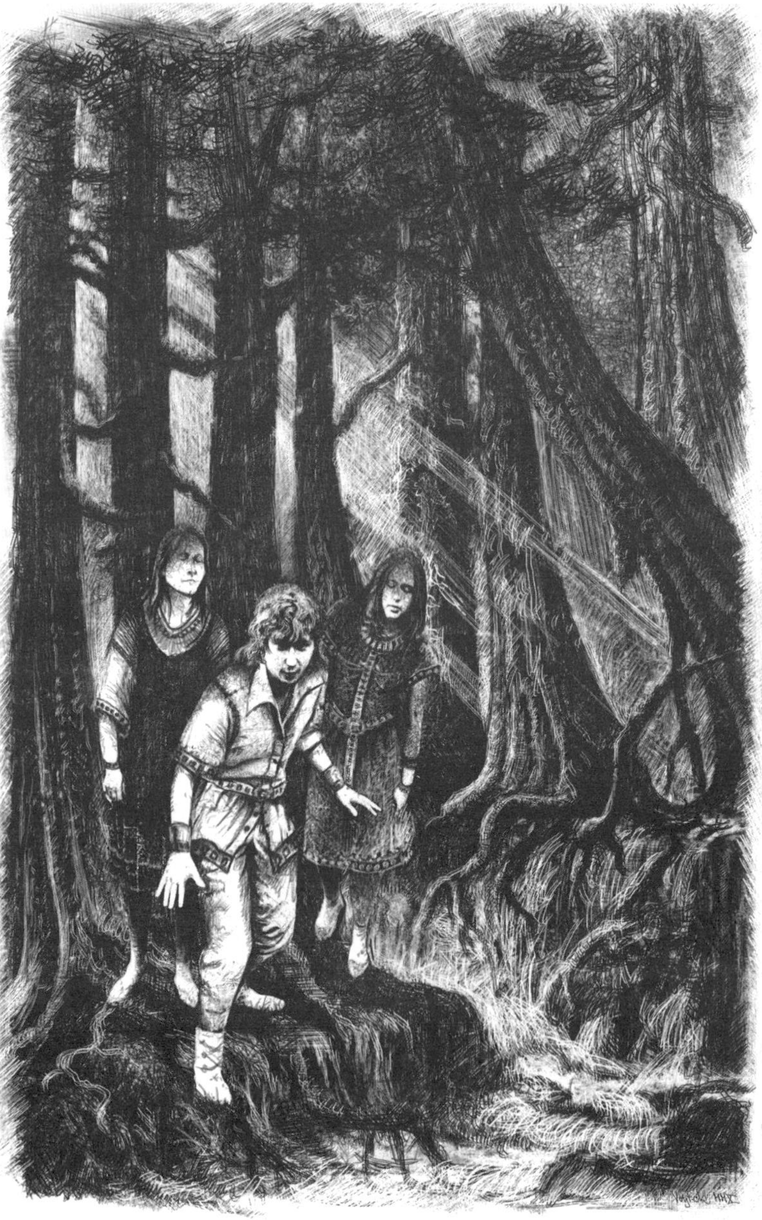

— É enxofre — disse Pedro. — Deve vir da mina. Aqui...

Ele parou e tirou das costas a mochila que carregava, procurando com afinco um cachecol verde de lá. Ele o jogou para Luísa.

— Amarre isto no rosto. Vai ficar quente, mas vai diminuir o cheiro.

Ela o pegou sem dizer uma palavra e o amarrou com um nó desajeitado atrás da cabeça. Júlia notou que ela conseguiu amarrar um tanto de cabelo com o nó.

O ar ficou ainda mais abafado e sufocante enquanto continuavam, e o calor úmido estava sobre eles como uma coberta. Pedro, Júlia e Luísa pensaram, cada um para si, que nunca tinham estado numa situação tão deplorável em suas vidas. E nesse meio tempo, a situação ficou ainda pior.

Havia um tronco de árvore caído no meio do caminho. e só um espaço estreito entre a árvore e o chão, pois o tronco devia ter quase dois metros de largura — muito grosso para que qualquer um deles pudesse subir nele. Pedro estava prestes a se abaixar e se arrastar por baixo dele quando a terra, literalmente se abriu à sua frente.

Houve um som cortante como um grito e vapor saiu da fenda. O cheiro era de algo podre escondido na terra tempo demais, e Júlia pensou — apesar de só ter lembrado disso depois — que ouvira palavras em meio ao grito.

Pedro, ficou pálido de terror. Se fossem alguns metros mais para frente, ou se ele estivesse um pouco mais rápido a fenda teria aberto bem abaixo de seus pés. Ele fechou os olhos, tentou se acalmar e aguentar o enjoo que vinha de seu estômago. Depois pigarreou e olhou fixamente para a frente, não querendo olhar para trás para as meninas, para que elas não vissem como ele estava assustado. Ele podia ouvir a respiração ofegante de Júlia e Luísa atrás dele, e respirou fundo para se acalmar.

— Vamos dar a volta por ali — Pedro disse, fingindo olhar para a bússola. Ele continuou em frente e ouviu os passos silenciosos das meninas atrás dele. Ele queria correr, queria chegar onde quer que fossem antes que a terra se abrisse novamente, mas Júlia e Luísa talvez não conseguissem acompanhar, e quem poderia dizer que o chão seria mais seguro mais perto do vulcão?

Mas não aconteceram mais terremotos ou fendas, e depois de algum tempo, o rosto de Pedro voltou à cor normal. Eles continuaram para o leste, e depois de alguns quilômetros, chegaram a uma clareira no topo de um morro. Olharam sobre a floresta e viram, embaixo de um céu vermelho, uma grande planície à frente. E no centro da planície estava o vulcão.

Era maciço — muito maior do que pareceu quando estavam voando no falcão. Na sua base havia um grande talho na terra, e mesmo de longe eles podiam ver centenas de pessoas aglomerando-se à sua volta, todas elas curvadas sob cargas pesadas e sob os chicotes de seus senhores. A onda de enjoo voltou ao estômago de Pedro, e ele se curvou e ficou violentamente nauseado no meio de uma porção de arbustos.

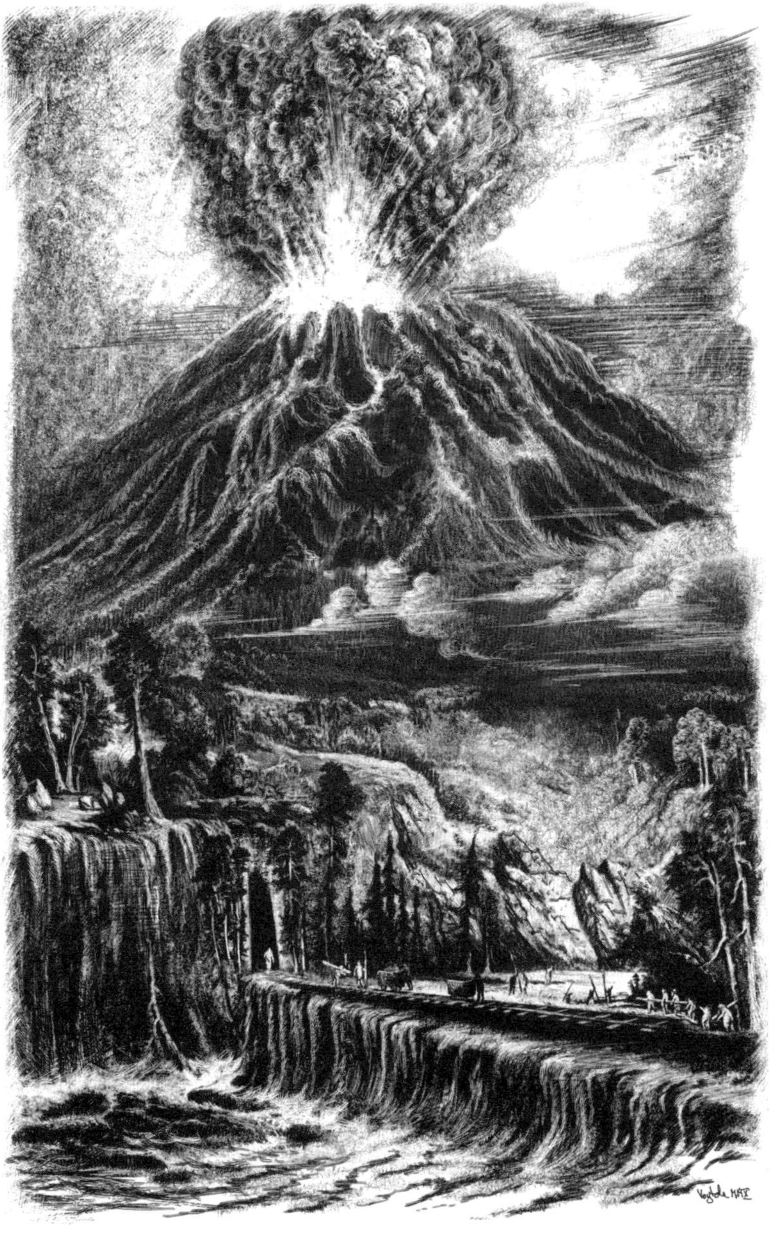

Capítulo 8

Júlia observou a cena diante dela com lágrimas nos olhos. A fumaça saía com força da escarpa, e até a distância eles podiam ouvir o roncar do maquinário. Pedro voltou dos arbustos, limpando a parte de trás de sua mão, na boca, e ficou ao lado de sua irmã. Enquanto observavam, eles ouviram Luísa atrás deles.

Ela estava cantando de lábios fechados novamente — a mesma música que parecia estar sempre em sua cabeça — mas estando aqui em frente ao vulcão, e olhando para a tarefa que os esperava, a música parecia diferente. Quase provocadora. Enervava tanto a Pedro que ele tremia apesar do calor.

— Pare com isso — ele disse, e o canto parou tão rápido quanto começara. — Não podemos ser ouvidos. Venham. Sigam-me.

A bússola não era necessária — eles andavam na direção do vulcão, e não havia erro — mas Pedro ainda conduzia o caminho com o presente de seu pai firme na mão. Eles saíram da clareira e desceram uma cordilheira íngreme. A ida foi difícil, por cima das mesmas pedras e espinhos que importunaram seus passos anteriormente, mas apesar do terreno, do calor e do constante barulho dos insetos não houve reclamações. Os três estavam decididos chegar até o vulcão, e chegar logo.

O cheiro de enxofre ficava insuportável. Luísa parecia a única não muito afetada — talvez pela máscara provisória que Pedro tinha criado com seu cachecol. Júlia estava quase sufocando com o ar putrefato, tropeçando por cima de troncos caídos e pedras pontiagudas enquanto tentava respirar. E então ela bateu contra o braço de Pedro, que estava esticado, duro como uma barreira. Ela olhou para cima através dos doloridos olhos vermelhos e viu que tinham chegado.

O vulcão se aproximava diante deles, sua boca aberta bocejando expelia uma fumaça ácida. Mineiros se moviam para a frente e para trás no talho, na sua extremidade sul, todos estavam cobertos de poeira preta da cabeça aos pés. Os homens cavavam e removiam com a pá, enquanto as mulheres carregavam baldes, cheios de terra para um grupo de crianças que manuseavam desajeitadamente a lama como se estivessem procurando algo precioso. As crianças mais velhas, Júlia viu, movimentavam-se entre os mineiros com baldes de água, segurando conchas, que pingavam, levando-as às bocas dos adultos. E havia algo mais — algo que não era humano.

Havia dezenas dessas criaturas movimentando-se em meio aos mineiros. Elas tinham, talvez, duas vezes o tamanho de

Pedro. Eram gordas e volumosas com braços do tamanho de pequenas árvores. Suas peles eram morenas, empoladas pelo sol e por inúmeras cicatrizes. Pedro, que se orgulhava de nunca ficar com medo de nada, recuou com repugnância. Os olhos, abaixo de grossas sobrancelhas, eram pequenos e escuros, mas havia inteligência em seus rostos. Esses monstros não eram apenas animais tolos.

Luísa deu um pequeno grito quando os viu. Júlia sem parar para pensar agarrou a mão de sua irmã de criação e apertou o máximo que pôde. Luísa estava parada, mas Júlia podia sentir que ela tremia enquanto observavam as criaturas. Elas se movimentavam entre os trabalhadores, e enquanto as crianças observavam, uma das criaturas balançou o braço para trás e derrubou um homem no chão. Ali ele ficou, sem se mexer até que a criatura passasse. O trabalho continuou à sua volta; ninguém parou para ajudar.

Júlia mudou seu olhar e focou numa criança: "Um menino", ela pensou, não muito mais novo que ela. Ele estava andando na extremidade dos trabalhadores, perto da clareira, oferecendo água para as mulheres que carregavam a carga de lama. Ele deu a concha para uma mulher desarrumada e suja com roupas esfarrapadas — mais rota que a maioria. A mulher largou a carga e agradecida aceitou a concha, bebendo devagar e profundamente. E quando levantou o rosto para beber as últimas gotas frescas, Júlia deu um pequeno grito.

Pedro lhe deu um olhar acusador e colocou o dedo irritadamente em seus lábios, mas Júlia sacudiu a cabeça.

— Alice — ela disse numa voz mais baixa que um cochicho. — É Alice. Aquela mulher ali... não, ali.

Pedro olhou na direção indicada.

— Você tem certeza? — ele olhou mais atentamente. — Pode ser. Ela está tão mais velha... — Ele balançou a cabeça. — Não sei dizer.

— Quem é Alice? — Luísa tirou o cachecol de seu rosto tentando olhar para a mulher por cima do ombro de Pedro. Sua voz estava bem mais alta que um cochicho e Pedro olhou feio para ela.

— Uma amiga de antes — murmurou Júlia. — Ela não está longe, posso tentar falar com ela.

— *Falar com ela?* Você está louca? Vão ver você — Pedro sacudiu a cabeça e considerou o caso encerrado.

— Ninguém está olhando — protestou Júlia. — Olhe, ela não está longe. Os guardas estão virados, eu consigo chegar até onde ela está!

E, de repente, ela correu rápida e bruscamente por trás das árvores, surda aos protestos murmurados por Pedro.

A paisagem era árida a não ser por algumas grandes pedras que se espalhavam pelo caminho do vulcão. Júlia, olhando cuidadosamente para os guardas, agachou-se atrás da maior pedra que achou.

— Alice! — ela cochichou com voz rouca. — *Alice!*

A mulher que havia bebido da concha do menino virou-se. Os baldes pesados que ela carregava tremeram em suas mãos, e ela olhou ao redor para ver de onde vinha a voz. Seus olhos se arregalaram, como Júlia nunca tinha visto. Algo mudou em seu rosto, as aflições deram lugar à esperança. Alice largou a carga e começou a andar.

Nesse momento, uma das criaturas viu que Alice tinha saído da fila e que ela largara os baldes. Seu punho se fechou e ele foi, exatamente, na direção de Alice.

Júlia tentou, por mímica, alertar Alice do perigo, mas o punho da criatura alcançou-a antes que ela pudesse reagir. A criatura estava presa a uma pequena árvore, e Alice caiu de joelhos com um grito assustado de dor. A criatura se afastou com um rugido, procurando a próxima vítima, e um guarda foi ao encontro de Alice, olhando para seu corpo parado enquanto enrolava o chicote em sua mão. Júlia encolheu-se de medo atrás de uma pedra, desejando ser invisível. O guarda estava tão perto que se ela esticasse o braço, poderia tocar seus pés. Ela se forçou a respirar devagar, sentindo os olhares de Pedro e Luísa atrás dela.

Por um instante, o guarda olhou para Alice, levantou o pé e deu um rápido chute em suas costelas.

— Escória — ele resmungou, virou-se e foi embora.

Alice não se mexia. Júlia não ousava chamar-lhe novamente, então observou e esperou, não saindo de onde estava porque não queria voltar para a floresta sem ela. Nesse momento ouviu passos rápidos e urgentes — era Pedro.

Ele tocou o ombro de Júlia, saiu rapidamente detrás da pedra, e agarrou o corpo inerte de Alice por baixo de seus braços, começando a arrastá-la para as árvores. Júlia, de repente, entendendo, correu e pegou seus tornozelos com firmeza, e juntos eles a levaram para um lugar seguro, como se ela fosse "um saco de batatas".

Eles a deitaram no chão quando já estavam cerca de vinte metros pra dentro da floresta, onde podiam ter certeza que não seriam vistos. O golpe havia tirado o fôlego do corpo de Alice, e sua respiração voltou em vários pequenos suspiros. O lado esquerdo de seu rosto estava sujo de terra e sangue, e Júlia limpou com a parte mais limpa de sua saia. Não adiantou muito.

— Aquele guarda quase viu você! — Luísa disse. — O mesmo que a chutou, ele estava virando para olhar assim que vocês entraram no meio das árvores!

— Sim, e se fôssemos vistos seríamos espancados, ou pior — disse Pedro. — Você tinha que ir lá não é, Júlia? Você tinha que chegar perto o suficiente para quase sermos jogados numa masmorra!

— É a Alice! Nós não podíamos simplesmente deixá-la ali.

E qualquer argumento foi cortado, porque Alice estava acordando.

Ela gemeu e se sentou. Contraiu os músculos involuntariamente enquanto torcia os ombros, ainda sentindo a pancada que havia levado do monstro, mas apesar de tudo deu um sorriso torto.

— Vocês vieram, — ela disse. — Meus amigos queridos! Você cresceu Júlia. E Pedro — ela estendeu a mão e pegou a mão de Pedro. — Você está se tornando um homem.

Ela sorriu, e um olhar distante veio aos seus olhos.

— Nós chamamos e o Senhor dos Exércitos respondeu. Ele enviou vocês mais uma vez. — Júlia pegou na sua mão e apertou.

— Nós viemos — ela disse. — Parece que vocês não se viram bem sem nós.

Isso trouxe uma risada aos lábios de Alice, e então mais um estremecimento. Ela colocou uma das mãos no rosto e parecia que estava tentando não pensar na dor.

— E parece que trouxeram mais alguém com vocês — ela disse olhando para Luísa.

Luísa pela primeira vez não estava chorando, nem desmaiando, nem cantando com os lábios fechados, mas observava Alice com os olhos arregalados e focados no sangue que pingava de sua bochecha. Pedro achou que nunca a tinha visto tão espantada.

— Esta é Luísa — ele disse. — Nossa irmã de criação. Ela estava... — ele fez uma pausa, olhando para ela de uma maneira que pode ser descrita como confusa. — Ela também foi chamada para cá.

— Seja bem-vinda, Luísa — disse Alice. — Eu gostaria que tivéssemos nos conhecido em outras circunstâncias, para que eu pudesse mostrar toda a nossa terra para você. Mas quem sabe isso aconteça logo.

— Conte-nos o que aconteceu — Júlia encorajou. — Conte-nos o que aconteceu com você. Conte-nos o que aconteceu em Aedyn.

Alice fechou os olhos e se encostou na árvore.

— Não é uma história feliz, Júlia.

— Por favor, eu não achei que fosse. — Alice acenou com a cabeça.

— Alguns anos depois que vocês foram embora — disse Alice —, nosso povo parou de ir à Grande Recordação. Eles disseram que estavam seguros e que o Senhor dos Exércitos os livrara da escravidão e não havia mais perigo, nem razão de lembrar aqueles tempos tenebrosos. Logo não viam mais razão de se lembrar do próprio Senhor dos Exércitos. E, foi isso, eles simplesmente se esqueceram e pensaram que os bons tempos durariam para sempre.

Ela parou e tocou a bochecha. O sangue estava começando a coagular.

— Continue — estimulou Pedro.

— Nós começamos a ouvir rumores — Alice continuou. — Rumores de outro poder. E o povo disse que esse poder era mais forte do que qualquer coisa que já tínhamos conhecido, que eles estavam certos de terem esquecido do Senhor dos Exércitos. E então, quando os soldados de Khemia chegaram, eles oraram para o deus errado. Eles oraram para aquele que não poderia salvá-los.

— Os guardas vieram em grupos. Eles levaram os primeiros prisioneiros há um ano. Nosso rei dispensou o exército logo depois que os lordes foram derrotados. Pensava-se que não precisaríamos mais de proteção porque não havia mais ameaças. E o rei não lutaria contra os khemianos, porque ele tinha certeza, tanta, tanta certeza que o deus que eles adoravam era o verdadeiro poder em nosso mundo. Então os soldados voltaram, e ainda assim não tinha ninguém com quem lutar. Oh! alguns tentaram. Meu marido Lucas tentou organizar os homens, mas já era tarde demais. Eles nos trouxeram aos poucos, nunca o suficiente para dar problemas na viagem. E ao chegarmos a esta terra amaldiçoada encontramos as minas.

Ela deu de ombros com um olhar desesperançoso.

— O que vocês procuram nas minas? — perguntou Pedro.

— Eu não sei — Alice replicou. — Nenhum de nós sabe. Nós achamos que tem algo a ver com o deus deles, seja qual for o poder que vive na terra.

— Poder? — perguntou Pedro. — Que poder?

Demorou um instante para que Alice respondesse, e quando ela respondeu, sua voz estava bem baixa. As três crianças tiveram que se debruçar para entender as próximas palavras.

— Tem algo mais aqui — ela disse. — No profundo da terra. Não sei se é um deus ou um diabo, mas tem algo dentro do vulcão. E ele quer sair.

Um arrepio passou pelas crianças.

— Quer sair? — repetiu Pedro depois de um instante.

— Houve um terremoto — disse Júlia. — E lá na floresta quando estávamos a caminho, algo aconteceu. A terra parecia se abrir, e parecia alguém gritando — Júlia estava hesitante ao falar, com medo de que soasse tola, mas ela viu que Alice acenara com a cabeça.

— Nós vimos também — ela disse. — Tem acontecido cada vez mais. Terremotos, a terra caindo debaixo de nossos pés — algo está mexendo embaixo da terra. O vulcão tem soltado cada vez mais fumaça desde que chegamos. O maligno quer sair para vir para este mundo, e a mina dos khemianos só está acelerando o seu caminho.

— Mas o que estão procurando? — insistiu Pedro.

— Algo secreto — disse Alice. — Algo que está enterrado há muitos anos. Só sabemos isso. Se encontrarmos algo fora do comum, qualquer coisa que seja, temos que levá-la para os guardas.

— Vocês já encontraram alguma coisa? — perguntou Luísa.

— Pedras — Alice disse fazendo careta. — Muitas e muitas pedras. Faz tempo que fazemos esse trabalho, e os guardas estão começando a ficar impacientes. Principalmente, o comandante.

— Como podemos encontrá-lo? — Perguntou Pedro.

Júlia deu uma olhada para ele.

— O que você pensa em fazer? — ela perguntou.

— Ainda não sei, mas vai ser bom saber quem é o nosso inimigo.

— O comandante não vem muito aqui embaixo — disse Alice. — Você provavelmente o achará em sua barraca. É lá em cima no topo da cordilheira — ela apontou para um local não tão distante. — O nome dele é Ceres e você o reconhecerá pelo talismã que sempre usa: uma pedra verde bem grande, com o formato de uma estrela. Mas tome cuidado, ele é um homem perigoso, e não tem muita paciência. É ele que controla os Gul'nog.

— Os... O quê?

— Aquelas criaturas — Alice torceu seus ombros, tentando tirar a dor deles. — Dizem que já foram homens, depois foram ficando deformados por aquele poder tenebroso até que viraram monstros. Louvado seja o Senhor dos Exércitos por vocês terem vindo. Vocês encontrarão uma maneira de derrotar esse poder e nos levar de volta para Aedyn. Eu sei.

Com essas palavras, Pedro se ajeitou e um pequeno sorriso cresceu em seus lábios. Ele se lembrou da velha energia que veio até ele em Aedyn — o poder que ele tinha sentido com um arco em suas mãos, a corda firme contra seus dedos, a flecha apontando certeira para a frente. Deixe seu pai falar agora que ele não era um homem!

Depois de um instante, Pedro percebeu que Alice estava se dirigindo a ele.

— Lembre-se, Pedro, que Ceres e seus Gul'nog não são seus maiores inimigos aqui. Seu inimigo é o povo, e sua ira contra o Senhor dos Exércitos. São eles que têm que ser transformados antes que você possa fazer o bem em Khemia.

Pedro queria protestar, Júlia sabia disso — ele queria um inimigo que fosse mais fácil de enfrentar. Mas ele simplesmente acenou com a cabeça e Alice sorriu.

— Da minha parte, farei tudo que puder para ajudar vocês. Vou falar às pessoas que vocês voltaram. — Ela ficou em pé. — Eu preciso voltar antes que sintam minha falta.

— Não vá — Luísa gritou. — Fique aqui conosco, não vá lá para ser machucada de novo!

— Eu preciso ir — Alice disse. — Meu filho está lá. Eu não vou deixá-lo. — Ela abraçou a cada um deles. — Vocês são muito bem-vindos aqui — ela disse. — Eu agradeço ao Senhor dos Exércitos porque seus Libertadores voltaram.

Ela sorriu e saiu escondida entre as árvores, de volta para a mina.

Capítulo 9

Pedro, Júlia e Luísa observaram enquanto Alice voltou para a mina, esforçando-se para levantar os baldes cheios de terra e voltando para a fila com outras mulheres.

— Ela já passou por tanta coisa — murmurou Júlia. — Não é certo ter de aguentar mais isso.

— Não é mesmo! — Disse Pedro, colocando a mão em seu braço. — E é por isso que estamos aqui, para ter certeza que ela e os outros nunca terão que passar por isso novamente. Você está bem? E você, Luísa? Prontas para continuar andando?

— Mas para onde vamos? — Luísa perguntou. — Eu pensei que estivéssemos procurando o vulcão. E aqui estamos. O que faremos a seguir?

— Nós vamos procurar o comandante da guarda, é claro — disse Pedro. — Não há nada que possamos fazer aqui. Não no momento. Não podemos falar com as pessoas enquanto os guardas estiverem vigiando. Haverá tempo suficiente para isso mais tarde.

Ele olhou a cordilheira que Alice tinha mostrado.

— Não é longe... mas antes quem sabe deveríamos comer um pouco do queijo e da linguiça.

Os três reviraram o conteúdo da mochila. Pedro as alertou para só beberem a água que fosse necessária para guardar o máximo possível, e entre eles, esvaziaram um dos odres. Pedro se congratulou de ter tido a perspicácia de pegar a comida no castelo, e Júlia, mesmo não gostando de admitir que ele estava certo, reconheceu que fora muito bom, de fato. E, uma vez que tinham se alimentado, guardaram o que sobrou e começaram, mais uma vez, a caminhada pela floresta.

Pedro estava certo: a cordilheira com as barracas dos guardas não era longe, mas eles tinham que ficar em silêncio e se mover furtivamente, e isso não é fácil quando se está cansado e depois de uma boa refeição. Por entre as árvores eles viam uma trilha que ia do vulcão até a cordilheira. Eles andaram paralelamente a ela, mantendo-a sempre em vista. Cada um deles gostaria de andar pela trilha, onde não havia tantas pedras para retardar seu progresso ou galhos para bater em suas costas e em seus rostos, mas eles não sabiam se a trilha era usada com frequência e não poderiam arriscar que alguém os visse.

Enquanto andavam, Luísa começou a cantar mais uma vez com os lábios fechados. Cada vez que Pedro e Júlia ouviam a melodia ela parecia mais distinta, mais assombrosa, ficando em seus ouvidos muito tempo depois que ela cessava. Júlia não conseguia descrever o que a canção lhe causava, mas ela sentia bem no profundo de seus ossos que a canção tinha um significado.

— Que música é essa, Luísa? — Júlia perguntou. — Essa que você está sempre cantando com os lábios fechados, o que é?

— Eu não sei — disse Luísa, surpresa. — É uma canção que sempre conheci. — Júlia ficou quieta, Luísa prosseguiu com a canção, e continuaram andando.

Não demorou muito até que a trilha ao lado deles se abrisse numa clareira na qual havia um agrupamento de tendas montadas. Pedaços de troncos irregulares marcavam os espaços entre os abrigos. "Chamá-las de barracas seria muito", pensou Júlia, pois eram feitas de um grande pedaço de pano amarrado sobre algumas estacas. Eles ouviam barulho lá dentro — algumas tosses secas, intermitentes e alguns gemidos.

— Esses devem estar muito doentes para trabalhar — disse Luísa, e Pedro e Júlia acenaram com a cabeça.

Enquanto observavam, um vulto desgrenhado saiu de uma das barracas. As roupas estavam soltas em seu corpo magro, e o rosto tinha um tom verde doentio. Ele tropeçava ao andar, não conseguindo manter o equilíbrio. Uma tosse seca e intermitente atacou-o repentinamente ao cambalear a caminho de outra barraca.

Pedro virou o rosto e olhou ao redor da clareira.

— Ali — ele disse, apontando para um morro a distância, longe das barracas. — Lá deve ser onde estão os guardas — até de longe eles conseguiam ver que as barracas eram quase luxuosas em comparação com as outras, portas e tetos abobadados, e certamente capazes de proteger seus ocupantes do mau tempo.

— Sigam-me — Pedro disse, e começou a se arrastar no chão atrás das barracas dos prisioneiros. Júlia o seguiu.

— Não — disse Luísa.

Pedro virou-se e olhou para ela.

— O que?

— Eu não vou. Vou ficar aqui com os doentes.

— Você não pode ficar aqui — disse Pedro asperamente. — Alguém poderá vê-la. Você precisa ficar conosco.

— Eu fui chamada aqui tanto quanto vocês, Sr. Libertador — ela disse, com as mãos firmes na cintura. — Vocês dois continuem espionando os guardas. Vou ficar e acompanhar as pessoas doentes aqui. Elas precisam de ajuda e eu posso ajudar. Vou falar a elas a respeito do seu Senhor dos Exércitos, como vocês fariam. Eu posso *ajudar* — ela bateu o pé quando disse a última palavra.

Pedro não sabia o que fazer. Por um lado poderia ser muito útil que Luísa ficasse e cuidasse dos doentes — seria um começo daquilo que ele acreditava ser o trabalho que deveriam fazer ali. E, por outro lado, ele não tinha completa certeza de que ela não faria confusão. Ele gaguejou com a boca aberta enquanto pensava.

Júlia estendeu a mão e a colocou no braço de Pedro.

— Está bem, Luísa — ela disse. — É exatamente como deveria ser. Tome cuidado, saia e se esconda nas árvores se algo der errado. Lembre-se: Você não pode ser vista por nenhum dos khemianos.

Pedro ainda estava gaguejando.

— Ficarei bem, Pedro — disse Luísa. — Venham me encontrar quando vocês voltarem, está bem?

Ele acenou com a cabeça.

— *Tenha* cuidado — ele a preveniu. — E veja se você consegue alguma informação sobre as minas.

— Sim — ela disse, e se abaixou para entrar em uma das barracas. Pedro ficou olhando na sua direção por um tempo, e então Júlia o pegou pela mão.

— Ela ficará bem — ela disse enquanto subiam o morro em direção aos guardas. — Ela não desmaiou durante, oh!, muitas horas. Uma melhora considerável, realmente.

— Não sei se ela é confiável — Pedro replicou duramente. — O único lado de que ela está, é o dela mesmo.

— Você acha realmente? — perguntou Júlia. — Ela parece diferente ultimamente, não tão horrenda como era em casa. Você viu como ela observava Alice? Foi como... bem, foi quase como se ela estivesse se importando. E ela querer ficar com as pessoas doentes, querendo ajudá-las... Algo deve estar mudando nela. Júlia, então sorriu, e depois disse, meio que para ela mesma. — Talvez o Senhor dos Exércitos esteja trabalhando, mesmo neste lugar infernal.

E então Pedro pediu silêncio, porque estavam se aproximando da barraca do comandante da guarda. Só poderia ser a barraca dele: era a mais bonita da clareira, com panos bordados balançando na entrada e com lugar para vinte homens em pé do lado de dentro. Parecia ter quartos separados, todos com mesas e cadeiras e tapetes com adornos.

As duas crianças se esconderam perto da parte de trás da barraca, só alguns passos de distância da floresta. Eles não seriam vistos pelos guardas a não ser que alguém os estivesse procurando, mas eles conseguiam ouvir todas as palavras ditas lá dentro.

— Eu fico cansado de esperar — disse uma voz. — Faz sete meses, sete meses! E nesse tempo todo, nada foi encontrado. Nada a não ser umas poucas pedras e minhocas — as crianças ouviram outro homem pigarreando.

— Senhor, com sua permissão... A área em que temos procurado é de fato grande, e pode não ser realista esperar... — Ele foi interrompido pelo som de um punho batendo com força na mesa.

— Eu *espero* ser obedecido. Eu *espero* resultados. Olhe aqui — disse a primeira voz. Pedro e Júlia ouviram barulho de papéis dentro da barraca. — Aqui, logo em cima. A profecia. Vocês veem, cavalheiros? Vocês veem por que isto é da mais extrema importância?

— Eu não disse que não era importante, comandante. Eu quis dizer que o mapa não é específico, e pode ser que leve anos antes que descubramos... — A voz silenciou e foi substituída por uma forte respiração.

— Anos? — disse a primeira voz em tom baixo. — Olhe ao seu redor. O cheiro. Os terremotos, as fendas. Não temos anos; temos dias. Se não acharmos a segunda metade antes desse tempo estaremos todos condenados — houve uma longa pausa, e mais uma respiração forte. — Condenados, cavalheiros. Eu sugiro que vocês tentem com mais afinco.

— Os prisioneiros estão cavando o mais rápido que conseguem — disse uma terceira voz timidamente.

— Então vocês mesmos terão que cavar! — a voz baixa do comandante desapareceu, e Pedro pensou, com um calafrio, que o comandante Ceres soava igual a seu pai quando estava bravo. Eles ouviram o barulho de cadeiras e passos no chão. Os guardas estavam saindo.

Júlia ia se afastando da barraca para se arrastar de volta para as árvores, quando Pedro colocou o braço à sua frente.

— Escute — ele disse. Uma garrafa estava sendo aberta, e o líquido derramado num copo. Júlia ouviu os respingos. — Espere — Pedro balbuciou. — Talvez ele durma.

Eles esperaram até que o comandante engolisse a bebida. E então colocasse mais no copo, e um pouco mais. Seus membros estavam ficando rígidos enquanto se agachavam contra a barraca, mas não ousavam mexer ou fazer barulho. E então finalmente, depois do que parecia horas, veio o barulho de um copo caindo e batendo no chão. Foi seguido de uma série de roncos atroadores, e Pedro sorriu para a irmã.

— Agora — ele disse.

Eles se levantaram e por um instante aliviaram suas pernas e joelhos doloridos, e depois deram vagarosamente a volta para a frente da barraca. Júlia levantou uma das abas pesadas e olhou lá dentro. Ceres, o comandante da guarda estava recostado na cadeira atrás da mesa, uma das mãos por cima de sua ampla barriga e a outra pairando por cima do copo que tinha caído no chão. À sua frente estava uma escrivaninha com uma bagunça de papéis espalhados. Mas o olhar de Júlia foi atraído para o peito do comandante. Tinha um grande talismã ali, preso a um cordão que estava ao redor de seu pescoço. O talismã tinha seis longos lados, e no centro fora cortado no formato de uma estrela. Júlia teve um sentimento curioso de que já vira aquilo antes... Mas de alguma maneira parecia errado.

Pedro estava atrás dela, sibilando para que ela se mexesse para que ele pudesse entrar e dar uma olhada nos papéis. Júlia recuperou os sentidos e estava pronta para ficar de lado quando a terra começou a tremer.

Foi pior — muito pior — que qualquer terremoto que tinham sentido até agora na ilha. O chão parecia rugir ao tremer, desmoronando as barracas e derrubando Pedro e Júlia. Juntos eles rolaram morro abaixo, agarrando-se no que podiam, tentando não gritar enquanto pedras e galhos arranhavam suas peles. E finalmente, compassivamente, o terremoto parou tão rápido quanto começou. E Pedro e Júlia foram parar nos pés de um guarda de aparência horrível.

Ele soltou a árvore em que estava agarrando e olhou para eles de cara feia.

— Pensaram que não estávamos trabalhando, não é? — Ele zombou. Júlia e Pedro, então o reconheceram como sendo a terceira voz que tinham ouvido na barraca. — Talvez vocês precisem sentir a dor aguda do meu chicote para aprender — Pedro sacudiu a cabeça, com os lábios brancos.

— N... Não senhor — ele gaguejou. Júlia estava absolutamente silenciosa, os olhos fixos no chicote.

— Em pé, escória! — eles se arrastaram e Pedro percebeu que com a poeira escura em suas roupas eles pareciam com os prisioneiros. — Marchem!

Pedro olhou para baixo e percebeu que estavam na trilha que tinham visto da floresta — a trilha que levava até a mina. O guarda bateu com o cabo do chicote contra as costas de Pedro, repetiu a ordem, e eles começaram a andar.

A trilha fazia a curva em volta do acampamento dos prisioneiros, Júlia deu uma olhada furtiva. Eles todos tinham caído com o terremoto, e alguns vultos desgrenhados estavam saindo debaixo do entulho de panos e galhos. Uma jovem, que ela quase não reconheceu como sua irmã de criação, estava entre eles, ajudando-os a sair dos escombros dos abrigos e permitindo que encostassem em seu ombro. Enquanto ela trabalhava, Júlia ouviu-a cantar aquela melodia familiar. Mas desta vez a canção tinha palavras.

Pedro tinha notado Luísa também. Ele olhou fixamente para ela, boquiaberto, esquecendo totalmente que deveria estar andando, esquecendo que havia um guarda com um chicote de aparência cruel atrás dele. Ele não se lembrou mais do chicote até sentir a dor aguda em suas costas.

Capítulo

10

Os joelhos de Pedro se entortaram sob a dor do chicote. E a próxima coisa foi seu rosto ser pressionado contra a areia da estrada. Suas costas doíam como se tivessem rachado ao meio, e a dor lhe tirou o fôlego.

Ele respirava com dificuldade, tentando não chorar e sentiu as mãos de Júlia em seu ombro.

— Pedro — ela disse. — Pedro, levante-se. Você tem que levantar. Deixe-me ajudá-lo...

Ela foi interrompida pelo guarda, que deu um chute do lado de Pedro enquanto rosnava para Pedro se levantar.

— Levante-se, escória — ele reclamou. — Pensou que não precisaria se apressar, não é? Pensou que você daria um passeio de volta até a mina? Em pé, menino.

Pedro colocou as mãos no chão na altura dos ombros e se empurrou para cima. A dor se espalhava como fogo pelos braços, trazendo mais um suspiro de dor a seus lábios. Júlia passou os braços em volta dele e o ajudou a ficar em pé, cambaleando sob seu peso.

— Venha — ela sussurrou. — Venha... Você tem que continuar andando. — Pedro gemeu e deu um passo, e mais um, tentando pensar em outra coisa que não fosse a dor do corpo.

A estrada para a mina pareceu dez vezes mais comprida do que antes. Cada respirada estremecida era mais uma punhalada onde o guarda o chutara, e o ar que Pedro inalava parecia mais imundo do que antes.

O cheiro de enxofre ficou mais forte ao se aproximarem mais uma vez da mina. Chegando ao final da trilha, o guarda deu um empurrão não muito delicado em Júlia e Pedro em direção à cisterna onde as crianças mais velhas estavam enchendo os baldes com água.

— Para o trabalho — ele disse. — Vocês não vão tentar escapar de novo, e se tentarem podem ter certeza que Gul'nog fará que vocês se arrependam. Vou ficar de olho — ele prometeu.

Pedro e Júlia se curvaram para pegar os baldes que estavam prontos ao lado da cisterna, imergindo-os no tanque estagnado. Júlia, de sua parte, não conseguia acreditar como um balde cheio de água podia ser tão pesado, mas ela olhou para Pedro e viu que ele estava suspendendo a corda para colocar no ombro. Ela podia perceber pela maneira que ele cerrava os dentes, que aquilo o estava machucando. "Um ano atrás ele não teria sido capaz de fazer isso", ela pensou. A dor e o cansaço teriam sido demais para ele. Mas quanto a isso, há um ano ela também não teria conseguido. Júlia pendurou as cordas nos ombros, e com seu irmão, se uniu aos alquebrados prisioneiros.

As duas crianças se deslocaram entre o povo cativo de Aedyn, levantando conchas com água para lábios rachados e sedentos. A cada concha de água, Pedro e Júlia cochichavam as boas-novas que eles trouxeram:

— Os Libertadores voltaram. O Senhor dos Exércitos os está chamando de volta. Clamem a mais — Ele já está respondendo.

Certa hora, Júlia pensou ter visto Alice, quem sabe dizendo baixinho as mesmas palavras enquanto carregava a carga de terra para os grupos de crianças mais novas, ocorre, porém, que ela estava muito longe para ter certeza. E, bem devagar, muito devagar, mas com certeza, o rumor começou a se espalhar.

Foi uma tarde longa e terrível. O sol batia sobre o chão seco pelo calor, queimando a terra e todos que trabalhavam nela. Pedro, que imaginara poder aguentar qualquer coisa, desfalecia sob o calor impiedoso. As feridas provenientes das fortes pancadas que levara nas costas voltavam a doer quando as cordas dos baldes de água raspavam sobre elas. Depois de apenas uma hora, suas roupas estavam ensopadas de suor, e ele cedeu ao desejo de tomar um gole de seu próprio balde. O dia se tornou noite, e quando a luz começou a desaparecer, Pedro não podia sequer imaginar que na noite anterior ele voara sobre o oceano nas costas de um falcão, com o vento em seu cabelo e as estrelas à vista.

Ele pensou que os guardas fizessem os prisioneiros trabalhar durante a noite, mas o comandante Ceres deve ter percebido a tolice que seria procurar algo escondido quando ninguém conseguia enxergar dois palmos à frente. Um dos guardas tocou uma buzina, e todos à sua volta largaram as pás e baldes e fizeram uma longa fila na estrada que levava para cima até as barracas. Pedro andava devagar, examinando todos os rostos para ver se achava Júlia. Mas todos os rostos pareciam iguais com a pouca claridade.

Finalmente, ele a viu. Ele nunca a teria reconhecido a não ser por seu cabelo claro — quase todos em Aedyn e Khemia eram morenos. Seu cabelo brilhava, mesmo sob a poeira e o suor do dia, e ele se apressou para alcançá-la.

— Encontrei você — ele disse no seu ouvido, e ela virou e lhe deu um sorriso cansado.

— Você está bem? — ela perguntou, olhando para os rasgos em sua camisa.

Pedro acenou com a cabeça sumariamente.

— Estou bem — ele disse.

Júlia pensou que provavelmente ele estivesse mentindo, e apertou sua mão.

— As pessoas estão escutando Pedro! — ela disse depois de um instante, sua voz era baixa para não atrair a atenção. — Bem... Alguns. Não todos. Alguns estão irados. Eles dizem que se o Senhor dos Exércitos existisse, ele nunca teria abandonado o seu povo. Mas os outros lembram como tudo era antes, e eles estão escutando — seus olhos brilhavam com esperança, e Pedro ficou imaginando se alguma vez ela se desencorajaria.

— Nós os levaremos de volta para casa — ele disse, e apertou a mão que ele ainda segurava. — Agora só precisamos encontrar Luísa.

O clima era de frustração quando os prisioneiros se aproximaram do cume e descobriram que suas barracas tinham sido derrubadas durante o terremoto. Não deve existir nada pior que chegar em casa no fim do dia, desejoso de deitar a cabeça e descansar os olhos, e descobrir que existe muito trabalho ainda a ser feito. Mas na luz que desaparecia rapidamente, eles mesmos começaram a restaurar as barracas, pois quem mais os ajudaria?

Pedro e Júlia seguraram firmes na mão um do outro em meio à multidão, tentando permanecer juntos. E encontraram Luísa no mesmo lugar onde a deixaram: com os prisioneiros doentes, cantando suavemente enquanto os consertos continuavam à sua volta.

Os dois se unem, os dois se tornam um
Com a união vem o poder, o controle sobre todos
Inundada pela luz a sombra fracassa
Os Exércitos voltarão; a escuridão cairá

Era a mesma canção que tinham ouvido Luísa cantar, quando marchavam para a mina. Nenhum dos dois conhecia a letra, e queriam saber como Luísa a aprendera. Não era parecida com nenhuma música que tinham ouvido em casa.

Pedro, sem se distrair com a canção, chamou o nome de Luísa. Ela olhou e sorriu, parecendo aliviada ao vê-los. Puxou suas tranças para a frente dos ombros e correu até eles.

— *Onde* vocês estiveram? — ela perguntou. — Vocês sumiram, e eu pensei que estivessem em apuros.

— Nenhum apuro — disse Pedro, com seus ombros firmes. — Fomos levados à mina por um guarda depois do terremoto.

— Você ficou bem? — perguntou Júlia zelosamente. — Quero dizer, durante o terremoto?

Luísa acenou com a cabeça.

— Não tinha muito para cair sobre nós — Pedro estava impressionado. Só um dia atrás ela teria ficado histérica e desmaiado. O clima daquele lugar a estava transformando.

— Venham — ele disse. — Não haverá lugar para nós dormirmos aqui com os prisioneiros, e não vou ocupar uma cama que é de alguém que precise mais que eu. Vamos acampar na floresta esta noite.

Nenhum dos três estava particularmente empolgado com essa perspectiva, mas Luísa pegou alguns cobertores e saiu do acampamento para o abrigo das árvores.

Eles encontraram um lugar não muito longe do acampamento dos prisioneiros e tiraram as folhas secas e as pedras antes de deitar. Eles se cobriram com os cobertores surrados que Luísa trouxera. Não era o suficiente para mantê-los aquecidos, mas era melhor do que não ter nada.

Quem já passou a noite acampado ao relento com barraca, fósforo para acender a fogueira, um travesseiro macio e muitas cobertas, sabe que no início pode até ficar acordado pelos estranhos sons da noite, mas acaba-se acostumando e dorme-se bem apesar de tudo.

Pedro, Júlia e Luísa não dormiram tão bem. Estava desagradável e sem conforto. Os três precisavam de um banho com urgência e de uma boa refeição, pois é quase impossível dormir quando o estômago está vazio. Gravetos e pedras pontiagudas cutucavam suas costas, e o ar da noite ficou bem frio. Eles se aconchegaram um ao outro, puxaram os cobertores e se enrolaram neles, mas mesmo assim não estavam confortáveis.

A certa altura, que deve ter sido bem depois da meia-noite, mas é claro, nenhum deles tinha certeza da hora, Pedro rolou para o lado e ficou em pé. Júlia agarrou sua perna.

— Onde você pensa que vai? — Ela perguntou.

— Vou voltar à barraca do comandante — ele replicou. — Só quero dar mais uma olhada naqueles papéis que estavam em cima de sua escrivaninha. Seja o que for que aqueles guardas falavam parecia importante.

— Não vá, Pedro — disse Júlia. — É muito perigoso. Você será pego.

— Eu vou tomar cuidado — ele prometeu. — Fiquem aqui. Eu voltarei antes do que você imagina — e saiu entre as árvores.

Ele se deslocou em volta da extremidade de fora do acampamento, grato pela luz da lua cheia naquela noite. Rastejou por trás dos abrigos provisórios até que chegou à barraca do comandante. Ouviu aqueles mesmos roncos atroadores vindos lá de dentro, levantou uma das abas da barraca e entrou.

O comandante não estava ali, mas podia ouvi-lo em outra parte da barraca. Dois guardas estavam deitados em camas de lona, abertas em frente à escrivaninha, mas os dois aparentemente dormiam pesado. Pedro os observou por um instante, ainda na entrada com sua mão segurando a aba, mas certificando-se que nenhum dos dois acordaria, entrou.

Na escrivaninha estava a mesma bagunça do dia anterior. Ele foi até ela e olhou para os papéis ali. Listas de nomes, listas mais longas de números, e um projeto para algum tipo de construção. E depois um papel maior, da largura de seu braço, amarelado e enrugado pelo tempo, tinha os lados enrolados, como se estivesse acostumado a ficar enrolado. Pedro o tirou debaixo dos outros e apertou os olhos, tentando enxergar o que estava escrito, mas era muito detalhado para ler à meia-luz das velas na barraca. Ele o enrolou com cuidado para não amassar, e virou-se para sair da barraca.

Mas quando estava saindo, a ponta do pergaminho enrolado bateu num vidro de tinta que estava na escrivaninha. Bateu com tal força que o vidro caiu e então, antes que Pedro pudesse alcançá-lo, rolou e caiu no chão fazendo barulho.

Ele se estilhaçou na hora e o líquido escuro espirrou em cima dos pedaços de vidro quebrado. Os dois guardas acordaram e pularam da cama.

Capítulo 11

Levou um instante até que Pedro reagisse. Ele ficou olhando fixamente horrorizado para os guardas, e depois, quando um deles tentou alcançá-lo, ele escapou pela porta e fugiu para trás da barraca e entrou na floresta escura. Ele correu o quanto pôde, no entanto, mais de uma vez ele sentiu o roçar de dedos contra seu ombro. Dois pares de passos corriam com ele, parecendo nunca se cansar.

Pedro não via quase nada à sua frente — só os esboços escuros das árvores e pedras do caminho. Ele se abaixava para escapar dos galhos, desesperadamente inspirando ar enquanto forçava seus membros cansados para a frente. E então, de repente, o chão pareceu cair debaixo de seus pés. Ele tropeçou de forma pesada e caiu numa íngreme ravina, seus pés tropeçaram neles mesmos e na confusão de galhos no chão da floresta. Lutou para encontrar sua base, e, para o seu alívio, ouviu os guardas tentando fazer a mesma coisa. O tombo deles lhe deu mais alguns instantes. Finalmente, ele achou o fundo da ravina e tropeçou em alguns centímetros de água.

O rio era raso, mas, ligeiro. Ele atravessou para a outra margem, tentando ouvir o barulho de quando os guardas caíssem também ali. Eles estavam um segundo atrás dele. Mas só um segundo. Pedro escalou o lado da ravina, usando mãos e pés para agarrar qualquer coisa que o segurasse. Os guardas estavam ficando bem mais para trás agora. Pedro era leve e atlético, e apesar de sua força, o peso dos guardas fazia que eles subissem mais devagar enquanto escalavam. O sexto sentido de Pedro entendeu isso, e sabendo que eles não estavam imediatamente atrás dele, virou repentinamente para a esquerda.

Apesar da escuridão da noite, ele conseguia ver a forma de uma enorme árvore — o tronco era tão grande que precisaria de quatro homens para circundá-la. Pedro correu para o lado oposto e se abaixou, apoiando nela e segurando a respiração, tentando não ofegar. Ele fechou os olhos bem apertados, apertou contra si o rolo do pergaminho, e fez uma oração silenciosa ao Senhor dos Exércitos para que não fosse visto.

Os guardas tinham-no visto correr para o lado e o seguiram, mas logo ficaram desorientados. Dez metros além da árvore onde Pedro estava escondido, eles pararam, confusos.

— Para onde ele foi? — um perguntou ao outro. — Nós estávamos quase alcançando-o — ele estava bem aqui.

— Procure entre as árvores — o outro replicou. — Ele tem que estar escondido em algum lugar aqui perto.

À meia-luz da lua, que era filtrada por entre as árvores, Pedro conseguia vê-lo colocar a ponta dos dedos em seus lábios, e ele esperou quando o guarda deu um apito agudo. Seu som penetrou o ar, e Pedro sabia que o que fosse que ele sinalizava, não seria bom para ele. Observou e esperou, escutando na escuridão.

Enquanto esperava, os guardas se separaram e começaram a vasculhar a área. Pedro devagar e com cuidado margeou seu caminho para o outro lado da árvore, ainda segurando a respiração. Esperou ali o que parecia uma eternidade, que não deve ter sido mais que alguns minutos, e aos poucos percebeu que os guardas estavam à frente continuando a busca mais para dentro da floresta. Ele deu um suspiro profundo de total alívio e virou para o lado de onde viera... Para ser confrontado pela forma desajeitada de um Gul'nog.

Ele era bem maior que Pedro, os lábios enrolados num emaranhado por cima dos dentes podres e seus braços carnudos prontos para matar. Pedro ficou parado, sem se mexer, sem respirar, agarrando com força o pergaminho amassado em sua mão. E então, quase sem pensar, ele virou e correu a toda velocidade por entre as árvores.

Pedro podia sentir o bafo quente do Gul'nog atrás dele, conseguia ouvir o peso atroador de seus pés indo de encontro a ele no matagal. Pedro se abaixou sob uns galhos e pulou por cima dos arbustos, se arrastando aqui e ali entre as árvores, tentando com tudo ficar à frente do monstro. Ele ziguezagueou por entre a floresta, virando para a esquerda e para a direita para se esquivar das garras do Gul'nog. Seus pulmões pegavam fogo, mas, ele se forçou a continuar, e a permanecer alguns passos à frente. Não havia tempo para pensar, não havia tempo para planejar. Só sobrou uma palavra na mente de Pedro: *correr*.

Ele correu o que parecia quilômetros, e o Gul'nog sempre atrás dele. A criatura nunca parecia se cansar, golpeando os troncos de árvores como se fossem insetos. Pedro só podia estar grato de estar sozinho — de não precisar esperar que as meninas o alcançassem...

As meninas — Júlia e Luísa. Ele estava levando o Gul'nog diretamente em direção a elas!

Pedro virou-se para a direita e correu a toda velocidade. Não tinha nenhuma trilha a ser seguida e em algum lugar de sua mente ele sabia que em alguns instantes estaria irremediavelmente perdido, mas ainda assim continuou, desviando o Gul'nog do lugar onde Júlia e Luísa estavam acampadas.

E, no momento em que Pedro sentiu que seus pulmões não aguentariam mais, ele viu uma saída.

Logo à frente, um escarpado penhasco erguia-se acima deles. O luar iluminava sua escabrosa face — o afloramento espinhoso, as cavernas encobertas pelas sombras.

A caverna. Pedro conseguia vê-la, logo à frente. Era pequena, talvez grande o suficiente só para que ele ficasse em pé e escondido, logo no pé do penhasco. Se ele pelo menos conseguisse alcançá-la antes que o Gul'nog a visse...

Pedro continuou correndo a toda velocidade, abrindo um pouco a distância entre ele e o monstro. Eles chegaram ao penhasco e Pedro se abaixou entrando na caverna, olhando para trás bem na hora de ver o Gul'nog continuando a perseguição.

Pedro observou quando a criatura diminuiu o passo, e depois parou quando percebeu que perdera sua presa. Ele levantou o rosto para cima e respirou profundamente tentando sentir o cheiro de Pedro. Pedro se encolheu para trás para as alcovas da caverna, tentando diminuir a respiração ofegante, certo de que o monstro ouviria as fortes batidas do seu coração. Mas enquanto observava, o Gul'nog continuou em direção às árvores.

Pedro desmoronou contra a parede da caverna, enterrou o rosto entre os joelhos, tentando não pensar no que o Gul'nog teria feito com ele se tivesse sido pego. E então, depois de um longo momento, olhou para baixo para o pergaminho ainda agarrado com força em suas mãos suadas.

Ele desenrolou o longo pedaço de pergaminho no chão da caverna, apertando os olhos para enxergar as linhas de tinta que fizeram esse papel tão importante para os khemianos. Eles tinham falado de algum tipo de profecia — ali, em cima, será que isso era algum tipo de escrita? Mas as sombras da caverna tornavam impossível de se ver, o luar não penetrava ali. Então Pedro apressadamente enrolou o pergaminho, colocou o rolo no cinto, e sentou-se esperando.

Ele deveria estar cansado. Afinal, não tinha tido uma noite inteira de sono desde a véspera do Natal. Mas Pedro não conseguia fechar os olhos. Tinha muito para imaginar, muitos barulhos estranhos e novos para escutar, e muitas perguntas para ponderar. Então ele ficou bem acordado, olhando para fora, para a floresta escura e respirando aquele ar estagnado, esperando até que tivesse completa certeza de que os guardas e o Gul'nog tivessem voltado para o seu acampamento.

Quando teve certeza que estava seguro, Pedro rastejou, olhando por toda a volta para se certificar de que, nada sinistro, estivesse esperando por ele. Não vendo nada, a não ser longas sombras, ele iniciou sua longa viagem de volta ao acampamento.

Ele ficou desorientado na longa fuga do Gul'nog, e talvez nunca tivesse encontrado seu rumo no escuro não fosse pelo vulcão. Ao olhar para cima, por entre as árvores, procurando algo familiar, Pedro pôde ver uma gigantesca nuvem de fumaça, entremeada de relâmpagos brilhantes, subindo pelo céu.

Notando a direção do vulcão, Pedro colocou a mão no bolso e tirou a bússola de seu pai. Ele a abriu, percebendo ao fazê-lo, que ainda estava muito escuro para enxergar. Encontrou um pouco da luz do luar entre as árvores e apertou os olhos para ver o pequeno mostrador. Oeste, ele decidiu. Ele teria que ir para o Oeste.

Continuou rastejando, permanecendo na sombra e tentando ficar o mais quieto possível. Caminhou devagar quando chegou ao riacho, quase sem levantar os pés por cima da água para não fazer barulho. Escalou no lado inclinado da ravina e, depois de uma longa caminhada por entre as árvores, quando se perdeu duas vezes e não uma, ele chegou ao acampamento.

Dali era fácil encontrar o caminho até onde estavam Júlia e Luísa, e encontrou a irmã sentada, encostada numa árvore esperando por ele, seus olhos arregalados tentavam enxergar na escuridão. Luísa por sua vez, parecia finalmente ter conseguido pegar no sono.

— Pensei que você tivesse nos abandonado — Júlia disse simplesmente. — Você... o que aconteceu?

— Os guardas acordaram — disse Pedro. — Eles me perseguiram, e depois chamaram uma daquelas criaturas Gul'nog, e... bem, tive que correr.

— Eles seguiram você? — a voz dela estava assustada. Pedro sacudiu a cabeça.

— Não até aqui. Eu escapei — ele fez uma pausa e sorriu. — E eu consegui mais uma coisa — ele estendeu o rolo de pergaminho que estava amassado e suado onde ele havia segurado.

Pedro desenrolou o papel no chão, e ele e Júlia se ajoelharam por cima dele. O amanhecer tocava o céu, depois da noite sem fim, e havia luz suficiente para que pudessem ver as histórias que o pergaminho contava. Era um mapa — um mapa do mundo todo. Khemia, seu vulcão desenhado com detalhes, era o centro do mapa, e Aedyn ficava próximo a ela, marcada por sua fortaleza e pelo Jardim do Rei. Mas havia outras ilhas também — mais que vinte delas. Havia Melita, com seus grandes penhascos, e havia Tunbridge, com seus vinhedos.

— Eu não tinha ideia que o mundo deles fosse tão grande, — murmurou Júlia.

— Nem eu — disse Pedro. — É um mundo inteiro, e talvez um universo inteiro além dele. Olhe aqui. Tem algo escrito no vulcão.

Os dois se esforçaram para ver o que poderia ser, mas a luz não era forte o suficiente, e eles resolveram esperar até o amanhecer. E então, quando Pedro estava prestes a enrolar o pergaminho, Júlia apontou para algumas palavras no topo.

— Espere. Isso aqui, estas palavras. O que está escrito? O sistema da escrita é tão antigo; não consigo decifrar.

Pedro se inclinou para a frente. As letras eram inclinadas e bem desenhadas, como algo da Bíblia de centenas de anos atrás. Ele apertou os olhos e olhou um pouco mais perto.

— Os dois vêm... Alguma coisa. Os dois... Alguma coisa. Com alguma coisa vem o poder, controle alguma coisa... Alguma coisa.

— Bom, isso ajudou muito — disse Júlia com um barulho que poderia ter sido um riso de deboche, se ela não tivesse tentando permanecer quieta. — Dê-me, deixe-me tentar — ela se inclinou por cima do pergaminho, tombando a cabeça para deixar a pouca luz que havia iluminar as palavras. — Os dois vêm... alguma coisa.

— Juntos! — disse Pedro. — Você enxerga? Aquilo ali, aquilo é u *j*.

— Isso é um *j*? — Júlia parecia cética.

— Sim e aqui — Pedro apontou enquanto lia. — Os dois vêm juntos, os dois... Tornam-se um. Com... O que é aquilo um *u*?... União! Com a união vem o poder, controle sobre todos. Ele se inclinou para trás e esfregou as mãos, obviamente muito satisfeito consigo mesmo. — Você percebe minha querida irmã? Nada a ver!

A sobrancelha de Júlia se enrugou.

— O que foi? — Pedro perguntou.

— Essa era a canção que Luísa estava cantando quando voltamos da mina. Parte dela. Como ela poderia conhecer essa letra?

— Não podem ser as mesmas palavras — Pedro sentou e se encostou e considerou por um instante, e depois sacudiu a cabeça. — Você deve estar equivocada.

Pedro sabia perfeitamente que Júlia tinha tendência a ser teimosa, e ele deveria saber que não deveria instigá-la. Suas costas se endureceram e seus olhos ficaram apertados ao olhar furiosamente para ele.

— Eu *não* estou equivocada, Pedro Grant. Ela vem cantando essa canção desde que chegamos a Aedyn. E eu a ouvi cantando com a letra quando aquele guarda horrendo estava nos levando para o vulcão ontem à tarde. Você também ouviu — você parou, e depois ele o chicoteou. Eu *sei* que isso faz parte da canção — essa parte sobre união e poder e controle. Eu tenho certeza.

Pedro olhou para Luísa. Ela dormia tranquilamente, as mãos embaixo de sua cabeça no lugar de um travesseiro e o cobertor surrado em volta de seus ombros.

— O que *ela* tem a ver com este lugar? — ele perguntou, confuso.

— Ela não pode ter estado aqui. Ninguém, a não ser nós, já esteve aqui — disse Júlia.

Houve um longo instante enquanto observavam a irmã de criação dormindo. Finalmente, Pedro enrolou o longo pergaminho.

— Nós perguntaremos a ela de manhã — ele disse. — Olhe, a manhã não está longe. Tente dormir por alguns minutos até lá.

Ele colocou o rolo embaixo do braço e deitou-se encostado a uma árvore. Júlia fez um barulho de insatisfação, e também se encostou à árvore. Mas os pensamentos que ocupavam sua mente naquela noite, nos minutos antes de cair num sono exausto, não eram sobre Luísa e a canção. Eram sobre o talismã que estava no peito do comandante. Ela *sabia* que já o tinha visto.

Capítulo 12

Júlia acordou primeiro, menos de uma hora depois. Fora uma noite agitada; seus olhos estavam vermelhos e cansados. Ela cutucou Pedro e Luísa para que acordassem e olhou além das árvores em direção ao acampamento. Nenhum dos prisioneiros estava acordado ainda — ou pelo menos ela não viu ninguém se movimentando.

— Bom dia — Luísa murmurou, esfregando a mão nos olhos. Ela se levantou, esticou os braços acima da cabeça e enquanto fazia isso, começou a cantar a mesma canção persistente que havia se tornado tão familiar.

— Pare de cantar isso! — exigiu Pedro. Luísa olhou surpresa.

— Por quê?

— Porque é uma música horrorosa e medonha. Olhe para isto! — Pedro desenrolou o rolo de papel que colocara embaixo do braço enquanto dormia. — Aqui, bem aqui. É isto que você está cantando.

Os olhos cinza de Luísa se arregalaram ao olhar a escrita no topo do pergaminho.

— Eu não sabia — ela disse. — É somente algo que está na minha cabeça, faz séculos. É só uma melodia que aprendi em algum lugar.

— Mas tinha mais letra na música que você estava cantando — disse Júlia. — Mais do que só estas duas linhas.

— *Inundada pela luz a sombra fracassa. Os Exércitos voltarão; a escuridão cairá* — Luísa recitou. Os três olharam as palavras que estavam no topo do pergaminho.

— Por que não escreveram tudo? — perguntou Pedro. — Por que só as duas primeiras linhas?

— Talvez não saibam o restante dela — disse Luísa e deu de ombros. — Aqui, o que é isto? — ela apontou para um lugar embaixo do desenho do vulcão em Khemia. Era uma estrela alongada de seis pontas, e ao lado dela havia sido rabiscado com mão bem instável, bem diferente da escrita no topo do mapa, *Os dois vêm juntos.*

Júlia não conseguia tirar os olhos disso.

— É igual ao talismã que o comandante estava usando — ela disse. — Você não se lembra, Pedro? Tinha seis lados, e havia um espaço cortado no meio que caberia uma estrela como esta.

Pedro sacudiu a cabeça.

— Eu não notei nenhum talismã.

— Ele estava usando um desses; eu tenho certeza disso. Alice nos contou a respeito, lembra? E você sabe o que mais ela disse? Os prisioneiros estão cavando à procura de alguma coisa. E se for essa estrela que eles estão procurando? Se for do tamanho certo vai caber dentro do talismã do comandante, e então... Bem... — Ela apontou novamente para o que estava escrito. *Com a união vem o poder; controle sobre todos.* Eles vão ter controle sobre... — ela fez uma pausa, sem ter certeza de como continuar.

— *Sobre esse poder debaixo da terra* — disse Luísa. Pedro e Júlia lançaram olhares surpresos para ela, mas ela continuou. — Não é isso? Aquela mulher na mina estava dizendo que tem algo no chão que quer sair, e talvez com isto — ela apontou novamente para o desenho da estrela. — Talvez se os khemianos tiverem isso eles possam controlar esse poder.

— Mas você está se esquecendo das duas linhas seguintes — disse Pedro. — O que significa o restante da rima? O Exército voltará, certo? — disse Pedro. — Então o que acontece quando você coloca as duas metades juntas?

Mas antes que qualquer um deles pudesse falar novamente, uma buzina longa soou, e num instante o acampamento estava em alvoroço com o barulho dos prisioneiros se levantando e os guardas os apressando, nenhum deles muito gentil. Pedro enrolou o pergaminho e, com uma olhada rápida à sua volta achou uma árvore que tinha sido queimada e estava oca. Ele meteu o papel enrolado dentro do tronco e, satisfeito, virou-se para as meninas.

— Vamos mantê-lo seguro ali — ele disse. — Seria melhor que nós fôssemos com os prisioneiros de volta para a mina. Pelo menos seremos úteis lá.

Mas algo estava acontecendo no acampamento. Os guardas movimentava-se em meio aos prisioneiros, dispersando-os com seus chicotes. Os guardas estavam todos berrando ao mesmo tempo, mas os três estavam muito longe para ouvir o que eles diziam.

— Venham — disse Pedro, e todos se rastejaram à frente, mantendo-se abaixados no chão e tentando não fazer nenhum barulho.

— Algo foi furtado de nós ontem à noite! — um dos guardas gritava. Seu chicote estava desenrolado, e ele chicoteava de modo ameaçador enquanto falava. — O ladrão virá à frente imediatamente! O ladrão precisa aparecer!

O rosto de Júlia ficou branco. Ela olhou e viu que Pedro estava mais pálido ainda.

— O que foi? — disse Luísa. — Você é o ladrão? Você furtou o mapa ontem à noite?

— Claro que sou eu — Pedro disse.

— Você simplesmente terá que devolvê-lo — disse Luísa com firmeza, e ambos, Júlia e Pedro, reconheceram a voz monótona que ela sempre usava em casa quando queria ser particularmente malvada. — Já o vimos e não precisamos mais dele, e se você não o devolver, eles começarão a machucar pessoas inocentes.

— Não vou fazer isso — Pedro sibilou entre os dentes. — Se eles o querem tanto, deve haver uma razão. Vamos mantê-lo aqui. Voltaremos para a mina e simplesmente... Faremos o possível para manter nossas cabeças abaixadas.

Estava claro que a discussão havia acabado. Pedro ficou em pé e se aprontou para sair precipitadamente da floresta para o acampamento, mas Júlia agarrou seu braço.

— Espere um momento — ela disse. — Antes de sairmos devemos pedir a proteção do Senhor dos Exércitos. Não conseguiremos fazer que as pessoas se voltem para ele a não ser que saibamos que ele está lutando do nosso lado, certo?

Ela pegou a mão de Pedro e de Luísa, se sentindo um tanto boba. Eles fizeram um círculo e fecharam os olhos enquanto Júlia falou.

— *Senhor dos Exércitos, hoje nós... Nós pedimos que estejas conosco. Dá-nos força para a tarefa que devemos cumprir. Mostra-nos como alcançar os corações do teu povo, e mostra-nos o caminho para levá-lo de volta para casa.*

Ela parou e levantou a mão, sorrindo para Pedro e Luísa. Eles apertaram as mãos uns dos outros, sem querer largar. E enquanto estavam ali em pé, um vento balançou as árvores, o vento mais fresco que já tinham sentido ou respirado. O desejo dos três era que ele demorasse, soprasse, levasse embora todo mal e toda perversidade do lugar.

— Venham — disse Pedro, sorrindo para as duas meninas. — É hora de irmos.

Foram mais uma vez para a extremidade da floresta, e deram um suspiro de alívio ao saber que os guardas tinham ido embora. Eles não os veriam saindo da floresta.

Entraram na fila dos prisioneiros que marchavam — arrastavam os pés, melhor dizendo — na trilha rochosa que levava ao vulcão. Luísa cantarolava suavemente, para ela mesma, com os lábios fechados. Enquanto andavam, Pedro cochichou com Júlia que Luísa estava ficando louca com aquela música.

— Pelo menos ela não está cantando com a letra — respondeu Júlia. — Imagine se um dos guardas a ouvisse cantar, e depois percebesse que ela sabe a outra metade do poema deles ou profecia, seja o que for.

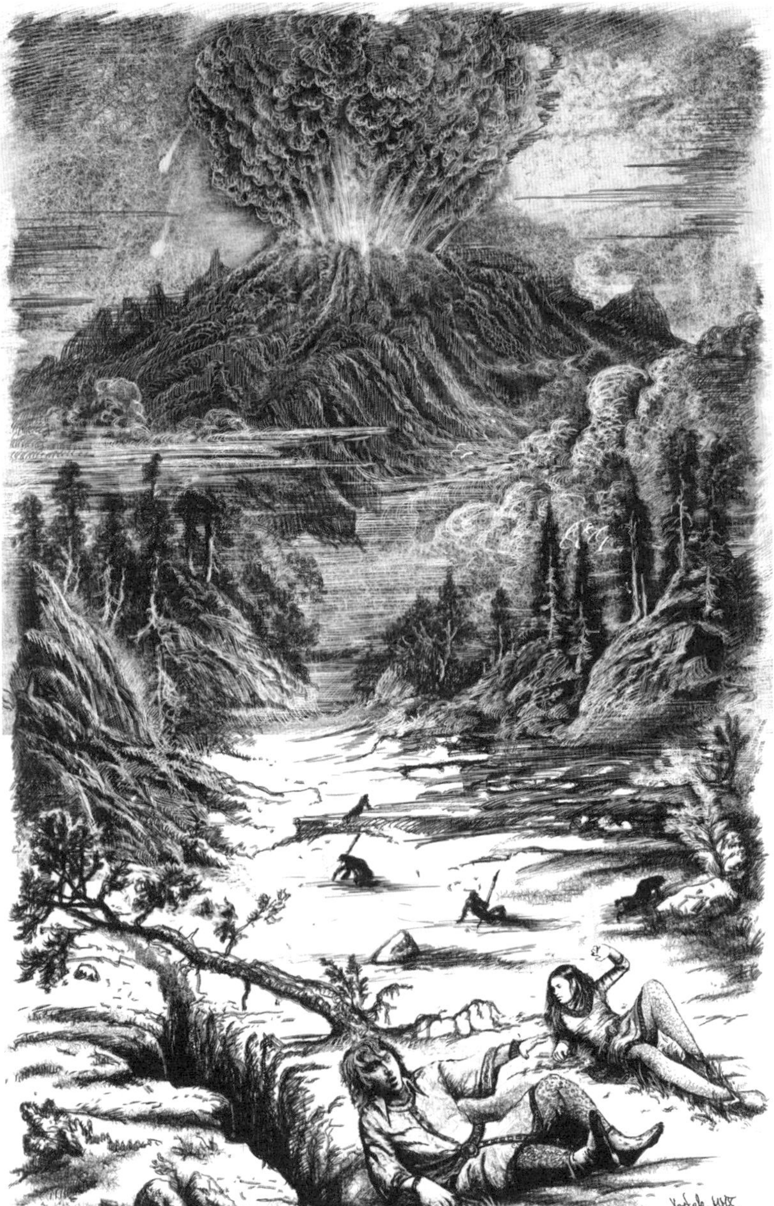

— É verdade — Pedro confirmou, e andaram o restante do caminho em silêncio.

Alguns minutos mais tarde, chegaram ao vulcão. Júlia procurou Alice enquanto pegava o balde de água, mas não havia sinal dela no mar de rostos à sua frente.

O trabalho começou onde havia parado no dia anterior. Os homens voltaram para os buracos fundos que haviam cavado, tirando a terra e as pedras com pás, terra que as mulheres transportavam para as crianças examinarem. Pedro, Júlia e Luísa se movimentavam com seus baldes entre os trabalhadores, dando-lhes conchas com água para os lábios rachados e cansados. E a cada concha que serviam eles repetiam o chamado para que voltassem para o Senhor dos Exércitos.

Não fazia uma hora que estavam lá quando a terra começou a tremer de novo. Só durou um instante, mas todos os trabalhadores, e guardas caíram, Pedro viu, longe de onde eles trabalhavam, que outra fenda se abrira, e ele podia garantir que ouvira um grito distante enquanto os gases putrefatos saíam. Ele se levantou e foi para onde Júlia estava.

— Alice estava certa — ele lhe disse, com os dentes cerrados. — Existe algo maligno na terra. Estes terremotos estão ficando cada vez mais frequentes à medida que eles vão cavando.

Ele acenou com a cabeça em direção à mina.

— É como se estivessem liberando algo lá do fundo, algo realmente horrível.

— Aquele poder tenebroso — disse Júlia simplesmente. — O que você acha que pode ser?

— Não tenho a mínima ideia. Talvez seja só um sinal de que o vulcão vai entrar em erupção de novo, ou talvez... Talvez seja algo pior.

— As duas coisas — disse Júlia de forma contemplativa. Ela e Pedro, ambos viraram para fitar o pico do vulcão. Um vapor quente e ácido saía de sua cratera.

— De qualquer maneira, nosso tempo está acabando — disse seu irmão.

Foi então que Pedro sentiu a mão agarrar seu braço. Ele foi forçado a virar e deu de cara com um guarda troncudo que cheirava mal. O guarda o olhou atravessado, e através da névoa de hálito fétido, Pedro podia ver que a metade de seus dentes apodrecera.

— Pegamos o ladrão! Ei! Bruno! Olha o que temos aqui!

Outro guarda foi na direção deles. Ele agarrou o queixo de Pedro, e levantou seu rosto, olhando para ele através de seus olhos quase fechados.

— É ele sim — ele resmungou. — É ele. Eu reconheceria esse rosto fedorento em qualquer lugar.

E então, com uma risada escabrosa, cada um deles pegou a Pedro por um braço e o arrastaram.

Capítulo 13

Júlia olhou horrorizada para eles, com olhos muito arregalados. Ela chorou a ponto de engasgar e deu um passo à frente, mas parou. Ela não poderia fazer nada por Pedro agora: uma menina contra dois guardas! Ela, então, começou a procurar loucamente por Luísa, e vendo-a perto da extremidade do buraco em que os homens cavavam, largou o balde e a concha no chão fazendo uma molhaceira e correu a toda velocidade até ela.

Lágrimas enchiam seus olhos enquanto ela corria, e quando alcançou Luísa, seu rosto estava todo vermelho. Ela agarrou seu braço.

— Pedro! — ela ofegou. — Eles levaram Pedro!

— O quê? Como? — Mesmo com o calor do lugar, seu rosto estava totalmente branco.

— Os guardas o encontraram. Eles sabiam que ele tinha furtado o mapa e o levaram para algum lugar. Eu não sei o que estão fazendo com ele. Precisamos achar uma maneira de resgatá-lo!

— Mas como? Somos só nós duas agora, não temos espadas nem ninguém do nosso lado. Nós nem sabemos para onde o levaram.

— Mas as pessoas, as pessoas com quem temos falado, com certeza elas nos ajudarão! Vamos encontrar Alice e ela saberá o que fazer...

O rosto pálido de Luísa, de repente pareceu, na verdade, muito cansado. Ela sacudiu a cabeça.

— Eles já estão sob ameaça de morte do jeito que estão. Temos que encontrar uma maneira de derrotar todos os guardas, não somente os que prenderam Pedro. Não poderemos ajudá-lo até fazermos isso.

Júlia queria muito dar-lhe um tapa.

— E o que faremos agora, então? Vamos continuar servindo água enquanto Pedro foi levado preso?

— Sim — disse Luísa. — Foi para fazer isso que o Senhor dos Exércitos lhe trouxe aqui, não foi?

Luísa fechou os olhos e parecia balançar para frente e para trás. Júlia começou a imaginar se sua irmã de criação estava doente e a observou por um instante, ponderando no que ela dissera.

— Sim — Júlia replicou finalmente. — Eu suponho que é por isso que estamos aqui.

— Bom — disse Luísa. Ela abriu os olhos olhou para a irmã de criação. — Pegue o balde e vamos trabalhar.

Foi uma manhã longa e difícil, interrompida por alguns tremores de terra. Nenhum deles foi muito forte, apenas faziam balançar a água nos baldes de Júlia e Luísa, mas Júlia estava cautelosa, lembrando do que Pedro havia dito a respeito de terem pouco tempo. Então ela falou com ainda mais urgência com as pessoas, lembrando-as a respeito de tudo que o Senhor dos Exércitos fizera por elas, encorajando-as a voltar para ele. Ninguém respondia além de um aceno de cabeça ou um resmungo, ou, às vezes, uma sobrancelha levantada. Ninguém parecia reconhecer a Libertadora de Aedyn.

Enquanto Júlia se movimentava no meio da multidão de prisioneiros, ela mantinha o olho em sua irmã de criação. A cor não tinha voltado ao rosto de Luísa, e seus olhos pareciam maiores e mais distantes a cada hora que passava. Enquanto se movia entre os mineiros, Júlia podia ouvir sua irmã cantando com os lábios fechados pedacinhos daquela canção. Ela balançava para a frente e para trás enquanto cantava, com os pés não muito firmes. Quanto mais o sol subia no céu, mais ela parecia desfalecer. Seus ombros caíam, sua mão tremia cada vez que levantava a concha com água para o lábio de um escravo. E quanto mais pálida ficava, tanto mais alto ela cantava.

Júlia estava desesperada tentando fazer que ela ficasse quieta — desesperada para evitar que os guardas ouvissem a letra que ela cantava. *Preciso ficar mais perto dela,* Júlia pensou. *Perto suficiente para fazer que se cale.* Ela foi chegando mais perto de Luísa, fazendo uma pausa para levantar a concha aos lábios de um escravo por quem ela passou, mantendo os olhos em Luísa e orando para que ninguém mais ouvisse sua canção.

Mas nisso ela não foi muito feliz.

O sol estava alcançando seu ponto mais alto no céu quando um guarda passou perto e escutou a canção de Luísa, e parou para ouvir. Júlia não o notou até que ele a chamou.

— Você aí — ele gritou. — Essa canção. O que é isso que você está cantando?

O que tinha sobrado de cor no rosto de Luísa repentinamente a deixou, e Júlia pensou que ela pudesse desmaiar novamente. Júlia largou o balde e foi em direção a ela.

— É... é apenas uma canção de ninar que minha mãe costumava cantar para mim — Luísa gaguejou. O guarda deu uma risada melancólica.

— Essa sua mãe, ela era uma profetisa? — Luísa sacudiu a cabeça sem entender. O guarda acenou para o balde nas mãos dela. — Deixe isso aí — ele disse. — Nós vamos fazer uma visita ao comandante Ceres.

Nessa hora, Júlia foi correndo até eles e jogou seu braço em volta dos ombros de Luísa.

— Deixe-me ir também — ela suplicou. — Ela é minha irmã, e ela não está bem... Deixe-me ir também.

O guarda acenou fortemente.

— Sigam-me.

Então subiram de novo pelo caminho, para a barraca do comandante Ceres. Luísa andava devagar cantando com os lábios fechados durante o tempo todo. Júlia manteve a mão em suas costas, encorajando-a para seguir em frente e imaginando como pedir a ela que ficasse quieta. Elas subiram até o cume e foram levadas para dentro da barraca.

Júlia piscava rapidamente, ajustando seus olhos à luz fraca de dentro. Gradativamente, o comandante foi entrando no foco. Ele estava sentado atrás da mesma escrivaninha, seus braços continuavam cruzados em cima da barriga, e ele ouvia um guarda falar em voz baixa. Júlia só conseguia entender uma palavra aqui e ali, mas era o suficiente para perceber que eles falavam sobre Luísa. "Menina... profecia... cantando..." Enquanto Júlia escutava, esperando ter algumas dicas do que os guardas tinham intenção de fazer com elas, seus olhos foram mais uma vez atraídos para o talismã do comandante — Por que lhe era tão familiar? Onde ela o tinha visto?

O guarda que as trouxe lá da mina interrompeu o outro, cochichando umas palavras no ouvido do comandante. A sobrancelha de Ceres se levantou enquanto ouvia, e quando o guarda terminou, ele se inclinou para a frente em sua cadeira, parecendo encarar Luísa como um lobo encara uma ovelha.

— Meus homens me disseram que você cantou uma canção — ele disse. — Uma canção que me interessa muito. Você a cantaria para nós?

Luísa sacudiu a cabeça, seus lábios bem apertados. Gotas de suor começavam a se formar em sua testa, mesmo na sombra fresca da barraca.

— Por favor, senhor — Júlia começou. — Minha irmã está doente. No sol forte o dia todo... Eu receio que ela esteja delirando. Ela não sabe o que diz.

— Quieta! — ordenou o comandante sucintamente. — Deixe a menina falar por ela mesma.

Júlia ficou quieta e começou a orar silenciosamente enquanto apertava as mãos. Houve um instante de pausa, e então Luísa abriu a boca e cantou num tom claro e alto:

Os dois se unem, os dois se tornam um,
Com a união vem o poder, controle sobre todos.

Ela parou e sua voz ficou trêmula na nota alta. Júlia, então, deu um suspiro inaudível de alívio. Mas o guarda que as trouxera para a barraca estava sacudindo a cabeça.

— Tinha mais — ele disse olhando-a com raiva. — Alguma coisa com luz e o exército voltando — os olhos do comandante se arregalaram ainda mais.

— Mais alguma coisa a ver com a profecia? Não pode ser. *Não pode ser!* — Ele empurrou a cadeira para longe da escrivaninha e andou pela sala, parando quando seu nariz estava somente a poucos centímetros do nariz de Luísa. — Conte-me o que você sabe menina! Diga-me rapidamente ou você perderá a vida. — Partículas de saliva voaram de sua boca e caíram no rosto dela. E então, abruptamente e sem aviso, Luísa desmaiou.

O comandante falou um palavrão daqueles, e virou-se para Júlia.

— O que era que ela estava cantando? Se era uma cantiga de ninar, você deve conhecer também.

— Eu nunca a ouvi cantar essa canção, até alguns dias atrás — Júlia disse honestamente. — E nunca ouvi nada a não ser essas duas linhas. Quem sabe seu guarda esteja equivocado.

Ela fez uma pausa, olhando para o corpo frágil de Luísa a seus pés.

— Por favor, senhor, deixe-me levar minha irmã de volta à nossa barraca. Ela está doente, não sabe o que diz.

O comandante, talvez percebendo que Luísa era inútil acenou brevemente com a cabeça, dispensando-as.

— Deixem-me — ele disse. — Conforte sua irmã. Meus guardas me trarão vocês de volta quando ela estiver bem.

Júlia se ajoelhou e tocou o rosto de Luísa, dando-lhe alguns tapinhas para despertá-la. Logo Luísa abriu os olhos, e Júlia sorriu, talvez pela primeira vez nesse dia.

— Venha — ela disse. — Vamos voltar à nossa barraca — Ela estendeu a mão para ajudar Luísa a se levantar, e depois passou o braço em volta dela para lhe dar suporte. Deu uma última olhada para o comandante e seu estranho talismã, e então, enquanto andavam até a porta acompanhadas pelos guardas, ela lembrou.

O pingente de estrela que sua avó lhe dera de Natal. Era o mesmo e serviria direitinho no espaço do talismã do comandante. Era isso o que estavam procurando. Ela pensou a respeito da profecia: quando as duas metades se unissem teriam poder. Teriam controle. Mas a luz viria e o Exército voltaria...

Júlia ponderou a respeito disso enquanto voltavam para a barraca dos prisioneiros, acompanhadas pelo guarda. Os khemianos nunca achariam o pingente, pois estava em cima da cômoda em seu quarto na Inglaterra. Mas eles nunca parariam de procurar — não enquanto pensassem que traria a eles o "controle sobre todos". E enquanto procuravam, a hora em que o vulcão entraria em erupção ficava cada vez mais próxima, e alguma força — algum poder tenebroso — seria solto no mundo.

E se ela pudesse unir o talismã e o pingente, talvez pudesse detê-lo. "A escuridão será derrotada." Ela sussurrou para si mesma.

Eles chegaram às barracas dos prisioneiros, e Júlia achou um abrigo vazio no qual Luísa poderia descansar. O guarda, silencioso demais, se colocou do lado de fora. Júlia deitou Luísa na cama de lona e colocou a mão em sua testa.

— Durma — ela disse. — Durma e nós vamos resolver o que fazer.

Luísa acenou com a cabeça e fechou os olhos. Júlia, de repente esgotada, colocou os braços em volta dos joelhos, abaixou a cabeça e chorou. Tudo dera errado — Pedro preso, Luísa delirante, e um vulcão prestes a entrar em erupção. Ela era só uma menina, e ela nunca poderia salvar todos. Ela nunca poderia trazê-los de volta para o Senhor dos Exércitos. A oração deles de manhã não tinha dado certo, eles estavam todos condenados.

Júlia não sabia dizer quanto tempo chorou, mas suas lágrimas foram diminuindo e ela se recostou no abrigo. Era hora de fazer planos, porque chorar não resolveria os problemas. Afinal, isso era o que sua avó sempre dizia.

Sua avó. Seu presente de Natal. O pingente, lá na sua casa em cima da cômoda. Seus pensamentos giravam mais rápidos do que ela podia alcançá-los. O pingente em casa, mas se pelo menos ele estivesse ali, e se ela pudesse pegar o pingente que o comandante usava em volta do pescoço, o pingente no qual a estrela serviria como uma peça de quebra-cabeça, ela poderia — ela *poderia* ser capaz de controlar fosse o que fosse que saísse da terra. Ou ela poderia barganhá-lo pela liberdade de Pedro — e talvez por sua vida. A estrela de seis pontas era a única coisa que Júlia tinha que os khemianos queriam, e mais que tudo, Júlia queria seu irmão de volta.

Ela estava confusa, cansada, e totalmente esgotada. Decidiu que era hora de pedir ajuda. Era hora de encontrar Alice.

Capítulo 14

Bem acima das barracas dos prisioneiros, se equilibrando nos galhos mais altos de uma das maiores árvores, um pequeno azulão, a única pequena quantidade de cor numa paisagem árida, gorjeou para a sua companheira. Luísa abriu os olhos com o som, procurando o passarinho e surpresa percebeu que não estava na sua cama em casa.

Ela abriu a boca para gritar, mas imediatamente a mão de Júlia estava sobre sua boca.

— Quieta — sua irmã de criação disse. — Temos que encontrar Alice, e temos que fazer isso sem aquele guarda junto.

Mas o guarda já tinha colocado a cabeça dentro do abrigo. Satisfeito de ver suas prisioneiras acordadas, ele gesticulou para que ficassem em pé.

— Venham — ele disse. — O comandante Ceres quer ouvir o restante da canção.

Júlia e Luísa seguiram-no de volta ao longo da cordilheira até a barraca do comandante. Júlia manteve sua mão bem apertada em volta dos ombros de Luísa, apesar de Luísa parecer mais firme depois de seu longo descanso. A escuridão caía mais uma vez, e as meninas e o guarda tiveram que andar contra uma firme coluna de prisioneiros voltando da mina. Júlia examinou os rostos dos escravos enquanto passavam, procurando a mulher que talvez soubesse o que fazer. Os rostos pareciam muito iguais: acabados, sujos, e desesperados pela ajuda que não esperavam que viesse. Era impossível distinguir um rosto miserável de outro, então Júlia não acreditou quando um par de gentis olhos cinza olhou para ela.

— Eles levaram Pedro — Júlia disse rapidamente. — Não sei onde ele está preso. Mas eu tenho aquilo que vocês procuram... — A mão carnuda do guarda pegou firme no braço de Júlia, e ele a levou da presença de Alice.

— Pensou que pudesse bater papo, não foi? — Ele reclamou, e lhe deu um tapa no rosto com a parte de trás da mão. A força dele derrubou Júlia ao chão, e ela colocou a mão para cobrir o rosto. — Levante-se — o guarda resmungou de novo. — O comandante não gosta de esperar.

Júlia se esforçou para ficar em pé, lançando uma rápida olhadela para Luísa. Sua irmã de criação estava em pé congelada, olhando sem expressão para a marca vermelha do tapa no rosto de Júlia. Luísa estendeu a mão e tocou as pontas dos dedos levemente no rosto de Júlia, e depois pegou sua mão e apertou com força.

— Venha — ela disse, e foram adiante.

Em questão de instantes, elas chegaram à barraca de Ceres e foram levadas para dentro. O comandante e seus guardas estavam esperando, em pé, em cima de um vulto que desmoronara no chão.

Levou alguns instantes para que Júlia e Luísa percebessem que era Pedro. Seu rosto estava tão machucado que quase não dava para reconhecer, e seu cabelo brilhante estava coberto por algo grudento e escuro. Sangue, Júlia percebeu. Suas mãos inchadas tinham sido lixadas até a carne viva, e a sua camisa estava toda rasgada, revelando um confuso emaranhado de listras ensanguentadas.

Ele estava levemente consciente. Olhou para as irmãs, deu um gemido, mas não conseguiu falar. Júlia tinha vontade de vomitar, ela queria colocar as mãos em volta da garganta do comandante e fazê-lo sofrer como Pedro estava sofrendo, ela queria levar o irmão para casa e esquecer a respeito de Aedyn e Khemia e dos prisioneiros. Ela tremeu de agonia.

Luísa se ajoelhou e estendeu a mão tocando as marcas dos golpes no ombro de Pedro. Ele demonstrou medo quando ela o tocou, mas deu uma respirada e pareceu relaxar sob o calor de seus dedos.

— Agora talvez a pequena profetisa cante para nós — disse o comandante.

Luísa olhou para cima, olhando do comandante para Júlia. Ela estava em silêncio.

— Cante! — disse o comandante depois de um longo instante. — Cante, senão vou pedir aos homens que ensinem a você a lição que ensinamos para este menino aqui — o guarda que estava ao lado de Ceres apertou a mão em volta do chicote, e Júlia engoliu em seco. Mas Luísa permaneceu em silêncio.

O guarda desenrolou o chicote, dobrando os dedos em volta do cabo de couro, e então Júlia deu um passo à frente. E numa voz clara e alta, ela cantou:

Os dois se unem, os dois se tornam um,
Com a união vem o poder, o controle sobre todos.
Inundada pela luz, a sombra cairá,
O Exército voltará; a escuridão cairá.

Houve um longo silêncio até que alguém falasse.

Os olhos de Júlia estavam bem fechados pensando na dor que ela sabia que viria — a dor aguda do chicote, o chicotear da mão — mas nada aconteceu. Ela abriu os olhos, focando no irmão. Pedro ainda não estava bem acordado, mas ele olhava para Júlia de uma maneira que ela não entendia.

— Por favor — ela disse. — Meu irmão. Deixe-me ajudar meu irmão.

— Diga-me o que significa — disse o comandante. Seus dedos estavam segurando firme o pingente em volta de seu pescoço. — Sua canção. *'O Exército voltará.'* Conte-me a respeito.

— É o Senhor dos Exércitos — disse Júlia. — Somos seu povo e esta terra é dele, toda ela. E ele voltará. Ele voltará e seu povo será liberto, e nunca mais serão escravos.

Ela teria continuado, mas o guarda levantou o chicote e ela ficou em silêncio.

— Cuidado menina — o guarda resmungou. — Cuidado com o que você diz aqui!

O comandante pigarreou.

— Esse senhor, menina. Ele vai parar uma sombra?

— Eu não sei o que quer dizer — disse Júlia, com um toque de desespero aparecendo em sua voz. — Tudo que sei é que vocês não serão capazes de controlar seja o que for que vai sair da terra. Tem algo embaixo de nós que quer sair — vocês todos sentiram, como eu também. Vocês acham que se encontrarem a segunda metade do pingente conseguirão controlá-lo. Vocês acham que vão conseguir conquistar o mundo. Mas essa sombra destruirá vocês e qualquer coisa que estiver no seu caminho. Só o Senhor dos Exércitos pode dominá-lo.

E, de repente, o comandante estava em pé, balançando um pouco, enquanto olhava firme para a menina à sua frente.

— Como você sabe a respeito do pingente? — ele exigiu. — Você é uma escrava, nada mais que uma escrava. Conte-me como você sabe!

Júlia se lembrou do peso da estrela de seis pontas pendurada no seu pescoço. Ela ficou parada sem se mexer, pensando que talvez tivesse sido um erro — e um bem sério — ter mencionado o pingente.

— Diga-me!

O comandante estava à sua frente agora, seu rosto só alguns centímetros do seu, seu hálito quente e podre atingindo sua pele. Júlia sacudiu a cabeça, esperando que ele não percebesse quanto tremia.

— Eu... eu escutei um guarda por acaso — ela falou baixinho. Mas Júlia nunca tinha sido uma boa mentirosa e o comandante pareceu perceber, porque de repente ela percebeu que estava deitada no chão ao lado de Pedro. Ela sentiu o gosto de sangue em sua boca, ouviu Luísa gritar, e depois ficou tudo escuro.

Ainda estava escuro quando ela despertou. Algo macio pressionava sua bochecha, e Júlia tocou gentilmente com seus dedos.

— Shh, não — disse uma voz que Júlia quase não reconheceu. — O guarda lhe bateu com o chicote. Deixe por enquanto. Tente não mexer.

— Luísa?

— Sim, quieta agora.

— Onde está Pedro?

— Eu acho que ele está perto. Eu não sei onde. Nós vamos encontrá-lo. Entende? Nós vamos encontrá-lo. Júlia acenou com a cabeça, apesar de que estava muito escuro para que Luísa visse. Ela colocou a mão fria na testa de Júlia, e Júlia respirou com mais facilidade com seu toque.

— Onde estamos? — ela perguntou.

Estamos numa caverna perto da mina. Existem guardas na entrada, eu não sei quantos, e... — Ela ficou quieta de repente. — Você está ouvindo isso?

Júlia se esforçou para ouvir, e de fato ela podia ouvir vozes, lá longe na escuridão. Luísa apertou um pouco mais a sua mão quando as vozes silenciaram, e passos tomaram seu lugar.

As duas meninas ouviram os passos, chegando cada vez mais perto, passo a passo. Elas ficaram em silêncio, sabendo que não haveria para onde correr, nem como fugir. E então...

— Júlia? — disse a voz que ambas conheciam.

Capítulo 15

Alice!

Júlia caiu em seus braços na escuridão.

— Alice! Como você nos achou? Você tem notícias de Pedro? Como você conseguiu que eles a deixassem entrar?

Ela foi interrompida pelo riso de Alice.

— Quieta, menina, quieta! Teremos tempo suficiente para todas as perguntas. Eu lhes trouxe comida — e lhes passou um saco pesado com dois pães. — Não é muito, eu receio, mas foi tudo que os guardas permitiram. E eu trouxe alguém para conhecer vocês — mesmo na escuridão da caverna Júlia percebeu um sorriso em sua voz. — Meu filho, Alexandre. Eu tenho contado a ele histórias sobre vocês, antes mesmo dele poder se lembrar.

Júlia estendeu a mão e tocou no ombro do menino ao mesmo tempo em que uma vozinha tímida perguntou:

— Esta é lady Júlia?

— Sim — Júlia respondeu. — O Senhor dos Exércitos nos chamou de novo... Mas eu receio que não estejamos nos saindo tão bem como da última vez.

— Isso não é você quem decide — disse Alice. — Em meio à escuridão você não pode entender como o Senhor dos Exércitos a está usando. Sente-se e coma enquanto lhe conto uma história.

Luísa pegou o pão que Alice lhe ofereceu e tirou um pedaço da ponta, passando-o para Júlia. As meninas se sentaram encostadas na parede da caverna, sentindo a umidade infiltrar sob suas roupas. Elas comeram o pão com gratidão. Fazia muito tempo — tempo demais — desde que tinham comido pela última vez, e nenhuma delas sabia quando iria comer novamente.

— Seu trabalho aqui não está sendo em vão — disse Alice. — Quando vocês deram água para as pessoas, elas ouviram sua mensagem. Há rumores. As pessoas de Aedyn sabem que vocês voltaram. E elas não vão tolerar que seus Libertadores fiquem trancados numa caverna.

— Você quer dizer que... Eles irão... — gaguejou Júlia, não ousando ter anseios de liberdade.

— A presença de vocês trouxe esperança ao povo — Alice disse simplesmente. — Eles estão, neste momento, reunidos secretamente para planejar seu resgate. Não demorará muito — ela olhou por cima de seu ombro, para trás em direção à entrada da caverna e para os guardas que ali estavam vigiando.

— Não podemos nos demorar. O ataque será antes do raiar do dia. Estejam prontas. Vocês e seu irmão — Alice diminuiu a voz —, vocês têm um plano, é claro. Um plano para nos levar de volta a Aedyn. O Senhor dos Exércitos disse a vocês o que fazer como da última vez — ela falou com tanta certeza que Júlia não teve coragem de lhe contar que o Senhor dos Exércitos estava em silêncio. Ela não tinha ideia de como levar os prisioneiros de volta para Aedyn — não tinha ideia onde os navios estavam e não tinha ideia de como navegar, caso soubesse onde estavam.

— Claro — Júlia disse rapidamente. — Nós temos um plano — e mesmo na escuridão, ela podia perceber que Alice sorria.

— Eu agradeço ao Senhor dos Exércitos que vocês voltaram — ela disse. — E eu agradeço porque meu filho viu este dia chegar, e porque ele terá uma história para contar para os filhos dele.

— Eles disseram que eu não posso lutar — Alexandre acrescentou. — Disseram que sou muito pequeno, e que vou atrapalhar.

— Haverá tempo suficiente para lutar — disse sua mãe gentilmente. — Tempo suficiente quando sua altura combinar com o tamanho da sua coragem — ela deu um abraço rápido nas duas meninas. — Ao amanhecer, estejam prontas.

— Estaremos — prometeu Júlia, com uma voz confiante e com a coragem que conseguiu demonstrar. Alice pegou a mão de seu filho e o levou para a saída da caverna.

— Você tem um plano? — Luísa perguntou assim que eles saíram.

Júlia permaneceu quieta por um momento muito, muito longo.

— Tenho certeza que vou ter alguma ideia — ela disse finalmente.

⌒

Pela entrada da caverna, Júlia e Luísa observaram enquanto o pequeno pedaço de céu mudou de cinza para um roxo escuro e depois preto. Não havia estrelas que pudessem ver — nenhuma que não estivesse coberta pela fumaça sombria expelida pelo vulcão e que cobria a ilha com nuvens.

— Então, e o plano — disse Luísa.

— Pare com isso — Júlia repreendeu. — Você sabe que não tenho um plano.

— Então você deveria pensar em alguma coisa — sugeriu Luísa. — Quero dizer, enquanto esperamos.

Júlia acenou com a cabeça, e então se encostou na parede da caverna e fechou os olhos.

— A primeira coisa é pegar o talismã do comandante — ela disse.

— Por quê?

— Porque é a segunda metade — disse Júlia. — Você se lembra do pingente que minha avó me deu no Natal?

— Era algo meio estranho, não era? Com o formato de uma estrela?

— Sim. Feito de um tipo de pedra verde, com seis pontas. E serviria exatamente dentro do talismã que o comandante usa em volta do pescoço.

— E o que acontecerá se você colocar as duas metades juntas? — Luísa perguntou.

Júlia deu uma olhada para a irmã de criação.

— A respeito do que, você achou ser a sua canção?

Luísa se recostou e pensou muito. *"A sombra cairá, o Exército voltará",* ela lembrou.

— Então, se você pegar seu pingente em casa, e colocá-lo com o do comandante...

— Exatamente — disse Júlia.

— Bem, isso faz que as coisas se tornem mais simples — disse Luísa. — Como você vai pegar o seu pingente?

— Essa é a parte que ainda estou tentando saber.

— Ah! — e as meninas ficaram em silêncio novamente.

Nenhuma das duas sabia quanto tempo tinha durado o silêncio quando ouviram um som do lado de fora, vindo da boca da caverna. Passos. Gritos. Um grito de triunfo ou de dor, não conseguiam distinguir.

— Quantos você acha que são? — sussurrou Luísa no ouvido de Júlia. — Quantos vieram para nos resgatar?

— Não tenho ideia. Se pelo menos não estivesse tão escuro... — Júlia sacudiu a cabeça. — Venha. Vamos ficar mais perto da saída. Quem sabe conseguiremos escapar — ela se levantou e estendeu a mão para ajudar Luísa a ficar em pé.

As duas meninas foram até a saída da caverna. A única luz era de uma tocha que os guardas tinham fincado no chão a alguns passos de distância, mas até seu brilho escasso parecia forte depois da escuridão da caverna. Júlia conseguia ver alguns vultos — dois com a armadura de Khemia, os outros vestidos de trapos dos prisioneiros que pareciam armados com um pouco mais que pedras e paus, mas lutavam com toda força e coragem dos homens de Aedyn.

Júlia sabia exatamente o que fazer. Ela e Luísa sairiam da caverna sem serem vistas — seria fácil, nessa escuridão — e elas ficariam atrás dos prisioneiros. Então ela iria gritar que estava livre, e que havia sido enviada para libertar os prisioneiros. Eles se juntariam a ela e os guardas ficariam estupefatos. O comandante lhe entregaria o talismã sem criar confusão. Seria fácil.

Ela virou para Luísa e cochichou:

— Siga-me — pegou na mão da irmã, e elas rastejaram ao lado da parede em direção à saída da caverna. E depois pararam, arrepiadas pois viram outro vulto sob a pálida luz da tocha.

Algo que não era um homem...

Júlia congelou.

O Gul'nog balançou os braços pesados no meio dos prisioneiros, espalhando-os para a esquerda e para a direita como se fossem palitos de fósforo. Até mesmo os guardas de Khemia se acovardaram diante dele. Ninguém era tolo de lutar contra — eles simplesmente fugiram, e Júlia sentiu a esperança se afundando dentro dela.

A única tocha tinha sido derrubada durante a confusão — talvez por um dos guardas, quem sabe pelo Gul'nog. Júlia observou quando o brilho bruxuleante se tornou mais forte; primeiro o fogo se espalhou devagar, e depois mais rapidamente. As meninas sentiam a onda de calor em seus rostos e braços, um calor totalmente diferente do que o ar denso e úmido ao qual já tinham se acostumado.

O fogo iluminou a terra ao redor da caverna, cada talo de grama lançava uma sombra em cima de seu vizinho. Cada pedra, cada árvore sobressaía de forma incisiva, e pela luz do fogo Júlia observava enquanto os prisioneiros fugiam. E então o fogo engoliu a boca da caverna, e elas não viam nada além das chamas à sua frente.

Nem Júlia nem Luísa haviam experimentado calor como aquele. Júlia queimara a mão uma vez numa panela quente — nada grave, só o suficiente para que ela se lembrasse da dor. O ar abrasador queimava seus rostos, e as meninas se encolhiam no mais profundo da caverna. O chão de pedra estava úmido, não havia nada para ser queimado ali, e elas estariam seguras até que o fogo e o Gul'nog as tivessem deixado para trás.

Elas recuaram cada vez mais, longe do calor forte que enchia seus pulmões. Júlia nunca pensou que o fogo pudesse ser tão barulhento — nunca tinha pensado que pudesse retumbar em seus ouvidos até que todos os outros sons fossem abafados. E foi assim que ela mal ouviu o urro do Gul'nog, e quando se virou, viu o monstro em chamas.

Ele tinha atravessado o fogo para pegá-las. Essa criatura da noite sombria tinha sentido a presença da Libertadora, e ele saltara em meio a uma labareda que certamente, mataria um homem. As chamas lambiam seu rosto, seus braços, mas ele parecia ileso. E abrindo bem a boca, urrou novamente.

Os dedos de Luísa afrouxaram na mão de Júlia, e sem nenhuma palavra, ela desmoronou no chão. Júlia caiu de joelhos sentindo o corpo fraco de Luísa ao seu lado. Não havia nada a ser feito. Nada a não ser esperar pelo Gul'nog e quaisquer horrores que ele tivesse em mente para a Libertadora. Não havia lugar para onde correr, nenhum lugar para onde fugir. E então Júlia fechou os olhos e, em seus últimos momentos, sussurrou uma oração. Foi uma oração sem palavras, sem esperança, sem expectativa. Mas foi o suficiente.

Com a rapidez do vento, outro vulto veio por entre as chamas. Júlia abriu os olhos e no começo quase não conseguiu decifrar o que era — uma criatura que parecia não tocar a terra, que rasgou o Gul'nog com garras, asas e...

Asas. Era o falcão, o falcão que os trouxera por cima do oceano! Júlia reprimiu um grito quando percebeu quem tinha vindo. Ela queria ir mais para a frente — queria abraçar o falcão — mas ela permaneceu ali, observando pelo clarão do fogo os dois vultos escuros lutando. As garras do falcão eram mortíferas, rasgando a carne do Gul'nog e fazendo o estrago que o fogo não conseguiu fazer.

O Gul'nog lutou com seus punhos contra as asas do falcão, tentando aleijá-lo e assim terminar o ataque. Mas o falcão tinha a mesma força e tamanho que o monstro, e a luta parecia não ter fim, nenhum lado levava vantagem. Júlia assistiu sem ousar se mexer, sem ousar respirar, certa de que qualquer segundo poderia ser o último do falcão.

E então num instante, aconteceu. A garra do falcão rasgou os ares e uma de suas unhas cortou o olho do Gul'nog. O monstro deu um grito sobrenatural e caiu ao chão, com os dois punhos agarrando com força o rosto. E Júlia gritava, gritava com todo o ar que tinha em seus pulmões, gritou até quando o falcão virou e fixou seus grandes olhos nela.

Todo o ar saiu de seus pulmões enquanto olhava dentro daquele olho. Ele parecia ter toda a dor do mundo, toda a sabedoria de todas as épocas. O falcão veio ao seu encontro, vagarosamente — ele estava cansado, Júlia percebeu. Pela luz do fogo que ainda se enfurecia lá fora, ela conseguia ver que suas penas estavam queimadas nas pontas, e havia pequenos filetes de sangue escuro escorrendo em seu peito.

Ele curvou a cabeça, os olhos no mesmo nível que os dela, e Júlia imediatamente entendeu que ela deveria subir em suas costas.

— Mas para onde? — ela perguntou. — Para onde você vai me levar?

O falcão não respondeu, mas sacudiu a cabeça para o lado, daquela maneira curiosa dos pássaros. Júlia entendeu. *Para casa.*

— Não — disse Júlia. — Pedro foi levado por eles e Luísa está desmaiada. Eu sei que o pingente está em casa, eu sei que sem o pingente o vulcão explodirá e não poderemos vencer o poder tenebroso, mas eu *não posso* deixar Pedro e Luísa aqui. *Não vou.*

E então algo que Júlia não esperava. O falcão inclinou a cabeça novamente, e deu um grito lancinante. E, então das sombras surgiu um homem idoso envolvido em túnicas de monge. Um homem que Júlia conhecia bem.

Com um pequeno grito Júlia correu para os seus braços. Era Gaius — Gaius que salvara a vida deles em Aedyn mais vezes do que ela conseguia se lembrar. O monge lhe deu um forte abraço, e depois levantou o queixo e olhou fundo em seus olhos.

— O vulcão explodirá com ou sem o pingente — ele disse com uma voz tão cálida e profunda como ela se lembrava. — A mina já está muito funda, e os tremores estão piorando.

Você mesma viu isso. Os khemianos sabem que o poder debaixo da terra finalmente será solto. Eles acham que com o talismã unido eles serão capazes de controlá-lo, mas nós dois sabemos que só tem uma força em todos os mundos que pode controlar um poder tenebroso como esse.

— O Senhor dos Exércitos — disse Júlia.

— Ele pode destruir esses demônios — disse Gaius —, mas se o poder não for controlado, ele dominará nosso mundo todo. As duas partes do talismã devem ser unidas antes que a luz possa voltar.

— Eu não entendo — Júlia insistiu. — Por que o Senhor dos Exércitos depende de um talismã para voltar para o seu povo?

— O Senhor dos Exércitos nunca foi embora — replicou o monge. — Mas ele nos deu sinais e ferramentas para encontrarmos sua presença. Nós não sabemos o que acontecerá quando as duas metades se unirem, mas a profecia nos diz que seremos inundados de luz — Gaius se aproximou, e seu braço ficou ao redor de Júlia como num abraço. — Nós não podemos saber tudo de uma vez, minha querida. Há sempre um mistério enquanto esperamos a historia se desvendar.

Júlia acenou com a cabeça, levando isso em consideração.

— Então eu tenho que ir para casa — ela disse. — Eu preciso ir para casa para pegar o pingente de estrela. E eu tenho que ir rapidamente, porque... — ela se virou para ver a forma ainda imóvel de sua irmã de criação, deitada nas sombras da caverna — porque podemos não ter mais tempo.

— Nunca existe tempo suficiente para todo o bem que desejamos fazer no mundo — o falcão disse. — Não há tempo para hesitar.

— E Pedro? Não sei onde ele está preso, não posso ir para casa sem ele. E se ele estiver ferido? E se ele precisar de mim? E Luísa, vamos deixá-la aqui?

— Seu irmão e sua irmã estão sob a proteção do Senhor dos Exércitos — disse o falcão. Um tom severo veio à sua voz. — É hora de você fazer o que é preciso, minha criança. Você precisa encontrar o pingente e trazê-lo para cá.

Ele dobrou os joelhos e abaixou a cabeça como se fosse uma saudação. Júlia estendeu a mão para tocar o topo de sua cabeça, acariciando as penas na crista, com mão delicada. Ela se ergueu para cima das costas do falcão, firmando-se bem entre suas asas e colocando os braços fortemente ao redor de seu pescoço.

— Precisamos passar pelo fogo — o falcão lhe disse. — Não tenha medo. Segure firme — e então bateu fortemente as asas, atravessou o fogo, saiu da caverna e subiu ao céu. Júlia agarrou-se ao pescoço dele enquanto o vento assobiava à sua volta, e então ela estava voando, voando alto por cima da extremidade do mundo.

Capítulo 16

Pedro, deitado em meio à escuridão acordou e percebeu que quase não conseguia se mexer. Suas mãos e pés tinham sido amarrados com cordas grossas e ásperas, e seu corpo todo estava machucado e fraco. Ele sacudiu os ombros, tentando ficar numa posição ereta. O movimento trouxe um suspiro de dor a seus lábios. Ele apanhou muito, e depois foi jogado naquela caverna como um criminoso. E Pedro percebeu o que realmente era.

Ele gemeu ao se sentar. Puxou as cordas que o amarravam testando-as, mas viu logo que era inútil. Ele jamais conseguiria desatar os nós, especialmente com os dedos tão inchados e feridos. Estava tudo quieto do lado de fora. Não tinha lua, não tinha vento — só o cheiro horroroso do vulcão, e o ar abafado que sufocava cada inspiração. E então, enquanto ele escutava, ouviu um barulho. Gravetos quebravam. A grama farfalhava. Passos, vagarosos e leves, mas firmes. Pedro se inclinou para a frente, tentando decifrar o vulto que vinha em direção à caverna. Seus olhos tinham se acostumado à escuridão, mas não havia luz vinda de lugar algum, e não tinha como ver quem era. Pedro respirou fundo, querendo permanecer quieto, e que seu coração parasse de colidir contra o seu peito. Ele pensou que fosse quem fosse, poderia encontrá-lo pelo batimento do coração...

Os passos pararam quando já estavam dentro da caverna. Houve um grande momento de silêncio, e então:

— Pedro? — disse a voz.

Um guarda não teria parado para perguntar seu nome. "Deve ser outro prisioneiro", pensou Pedro. Deve ser um amigo.

— Sim! — ele gritou. — Sim, sou eu. Estou aqui. Eles me amarraram.

Um homem se aproximou, movimentando-se em direção à voz de Pedro. Ele se ajoelhou ao seu lado, sentindo as cordas que prendiam seus braços e pernas. Encontrando-as, ele tirou uma faca e começou a cortá-las.

— Meu nome é Gregório — ele disse enquanto cortava as amarras. — Sou amigo de Alice. Ela me disse que os Libertadores tinham voltado, e então ouvi sua mensagem na mina. Eu e meus irmãos vamos lutar por você, e vamos segui-lo onde você nos levar.

— Maravilhoso — murmurou Pedro, fazendo careta enquanto a faca de Gregório forçava contra as cordas. Ele achou que esta não seria a hora ideal para informar Gregório que ele não tinha nenhum plano, nenhuma missão... Só uma vaga ideia de que precisava tirar o talismã do comandante.

A faca cortou as cordas que prendiam suas mãos, e Pedro esfregou os pulsos enquanto Gregório cortava a corda dos pés. A pele estava em carne viva onde as cordas tinham cortado.

— Temos que ir até o comandante — ele disse para Gregório. — O comandante usa...

Mas então ele parou, porque havia mais passos do lado de fora. Passos diferentes. E não passos de um amigo. Gregório congelou, e mesmo na luz sombria da caverna Pedro conseguia ver que ele estava tremendo.

— É o Gul'nog — disse Gregório. Ele voltou para as cordas que prendiam os tornozelos de Pedro, serrando intensamente. Uma a uma as cordas se abriram, e finalmente Pedro estava livre. Ele se levantou com dificuldade, tentando fazer o menos barulho possível.

— Será que nós...

— Quieto — disse Gregório sussurrando. — Quieto. Ele deve estar nos procurando, ou os outros que estão vindo.

— Outros?

— Silêncio.

Eles esperaram juntos na escuridão da caverna, e enquanto esperavam ouviram uma luta corpo a corpo, e gritos, e finalmente conseguiram ver que a tocha de um dos guardas tinha sido derrubada no chão, e a chama estava se espalhando como um fogo incontrolado.

Pedro e Gregório se arrastaram para a boca da caverna e olharam para fora. Contra as chamas eles conseguiam ver o Gul'nog, e alguns vultos escuros que tinham sido desventurados de estarem em seu caminho. E então, enquanto observavam, o Gul'nog saltou no meio das chamas e foi embora.

— Corra — disse Gregório —, *Corra!*

Pedro não precisava de estímulo. Insensível à dor em suas pernas, ele as impulsionou para a frente, para fora da caverna e para dentro da floresta que estava do outro lado. Sentia o calor do fogo em seus ombros, e se lembrava de ter corrido assim em Aedyn, fugindo do canhão que estava prestes a explodir, correndo para não morrer sem certeza de que seria poupado.

Ele correu para dentro das árvores. Seus pulmões pegavam fogo, e finalmente desmoronou contra um carvalho maciço, ofegante e orando para não ter sido visto. Ele deixara para trás o calor do fogo, mas ainda conseguia ouvir o barulho e o estalar das chamas. Será que tinha sido seguido?

Gregório tinha falado de outros — será que os prisioneiros tinham se rebelado? Será que Júlia e Luísa tinham sido libertadas? Tanta coisa que ele não sabia... A única certeza era que ele tinha que pegar o talismã do comandante.

"Não ficará escuro por muito mais tempo", Pedro pensou, olhando para o céu. Os escravos estariam de volta à mina logo. Talvez o comandante ainda estivesse dormindo, e Pedro poderia tirar o talismã que estava em volta de seu pescoço. Seria quase impossível... Mas ele tinha que tentar.

Pedro ficou em pé, olhou à sua volta, e imediatamente percebeu que estava perdido. Ele não conhecia a floresta, e não tinha ideia de onde era a mina. Se ele pudesse ao menos encontrar o vulcão...

As árvores eram densas e bloqueavam qualquer vista que pudesse ter. Precisava encontrar um cume — precisava ficar mais alto para poder ver. Ou então poderia voltar de onde viera. Certamente haveria uma estrada... Mas ele rapidamente abandonou a ideia. Havia também o fogo e o Gul'nog. Ele teria que achar o caminho pela floresta.

Pedro tirou do bolso a bússola de seu pai, e a abriu, observando a agulha girar. Fechou os olhos e tentou lembrar do mapa que ele e Júlia tinham estudado na noite anterior. A floresta, o vulcão, a caverna... Ele não conseguia lembrar em que direção deveria ir, e nem tinha ideia da distância.

Sul, ele decidiu abruptamente. Ele iria para o sul, e veria o que encontraria no caminho.

A ida foi difícil. Todos os músculos doíam, e as feridas que não tinham sarado ainda estavam gritando por descanso. Mas mesmo assim, Pedro continuou. Porque tudo que sabia é que Júlia e Luísa estavam presas em algum lugar, tendo feridas piores impostas sobre elas. A única maneira de parar com tudo isso era encontrar o talismã.

Ele estava certo a respeito da noite terminar logo. O amanhecer estava surgindo no céu, iluminando a paisagem quebrada e árida. O ar estagnado o pressionava. O cheiro de enxofre parecia piorar enquanto ele andava — talvez estivesse, afinal, aproximando-se do vulcão. Ele tropeçou em pedras e se abaixou para passar por baixo de galhos baixos, quase chorando uma vez que tropeçou e feriu profundamente o joelho. O sangue era brilhante, a única cor na paisagem cinzenta. Pedro rasgou um pedaço de tecido e limpou o sangue, depois esticou a perna e continuou andando. Fossem quem fossem os "outros" que Gregório mencionou, uma coisa era certa: eles nunca iriam resgatá-lo ali.

E de repente ele estava lá.

As árvores se abriram numa cena familiar — a mina, formigando de soldados e prisioneiros. Pedro notou que os guardas pareciam mais cruéis que antes. Eles mantinham seus chicotes enrolados nas mãos, e não do lado, e os usavam livremente em qualquer prisioneiro que ficasse para trás. Pedro examinou a área procurando suas irmãs, mas ele não viu o cabelo brilhante de Júlia ou a forma familiar de Luísa na multidão. Ele estava só!

Mas outro vulto apareceu — um vulto que Pedro conhecia bem. O comandante. Ele estava entre os prisioneiros, usando seu chicote com mão firme, e mesmo a essa distância Pedro conseguia ouvir os palavrões vindos de sua boca.

Fumaça e cinzas vertiam da boca do vulcão, e o chão embaixo de Pedro parecia tremer quase que constantemente. A erupção viria — e logo. Não havia muito tempo, e o comandante, obviamente, sabia disso. Mas como chegar até o talismã?

Pedro observou o comandante, lembrando de suas brigas com Mário na escola. Ele já tinha derrotado meninos maiores, mas um soldado treinado? "Seria como atacar seu pai", Pedro pensou.

Ele descartou esse pensamento. Isso era algo que uma criança pensaria, e agora ele era um homem. E então ficou de olho no comandante observando como ele se movimentava, procurando seus pontos fracos. Mas o homem se movimentava como o velho soldado que era: treinado, firme, com músculos tensos e prontos. Não haveria abertura, nenhuma oportunidade para pegar o talismã sem que o punho do comandante o acertasse.

Pedro foi adiante de qualquer maneira, passando por entre a multidão de prisioneiros. Ele estava mais perto do comandante agora, perto o suficiente para ver o talismã balançando, pendurado num cordão fino de couro em volta do seu pescoço.

O vulcão expulsou mais fumaça e cinzas, e Pedro sentiu o chão ceder embaixo dele. A terra parecia balançar para lá e para cá; em toda a sua volta os prisioneiros e os guardas igualmente gritavam enquanto caíam e se agarravam ao chão. Era o terremoto mais forte que qualquer outro que já tinha sentido, e Pedro sabia o que isso queria dizer.

Mas entre gritos, Pedro olhou para cima e viu o comandante também caído ao chão esforçando-se para recuperar o equilíbrio. E, de repente, foi fácil.

Com a ligeireza dos pés que só pertence aos jovens, Pedro atirou-se com força e se ajoelhou em frente ao cruel comandante. Ele empurrou com mão firme o queixo do comandante, agarrou o talismã, e com um ligeiro safanão, puxou o cordão de couro.

Ele já estava a dez passos de distância quando o comandante conseguiu berrar, e quinze guardas, antes que Pedro pudesse ouvir, fracassaram em o perseguir. Não tiveram chance. Correndo e correndo mais e mais depressa que nunca, Pedro chegou à floresta com o talismã seguro em seu punho quente. Ele tinha esquecido as dores nos ombros, tinha esquecido a dor aguda da ferida reaberta no joelho. Ele estava correndo e os guardas não conseguiam alcançá-lo.

Continuou correndo muito ainda depois que percebeu que os guardas o haviam perdido. Ele correu mais e mais para dentro da floresta, sem pensar no que tinha ficado para trás. Passou por um riacho, subiu a margem oposta... Então parou repentinamente porque não conseguiu acreditar no que via à sua frente.

Capítulo 17

Pela inclinação do sol que brilhava através da janela, Júlia podia ver que era fim de tarde. "Jantar, logo", ela pensou, e então se aninhou mais debaixo das cobertas. A cama estava tão gostosa, tão quentinha, mesmo a essa hora do dia. Ela fechou os olhos e respirou fundo, pronta para voltar a dormir.

Não. Jantar. Ela deveria estar vestida. Com um suspiro frustrado, se desprendeu da confusão das cobertas e foi até a cômoda. Ela sentia o frio de dezembro no ar, mesmo no sol, e procurou com afinco um suéter na gaveta.

E então parou repentinamente, porque em cima da cômoda ao lado de uma fotografia de sua mãe e de um exemplar de *Alice no país das maravilhas* que Pedro tinha dado a ela, estava uma estrela de seis pontas, cortada de uma pedra verde estranha.

Khemia. O pingente. A profecia.

Tudo voltou num instante. O fogo. O Gul'nog, o falcão — para onde ele teria ido? Ela se lembrava de ter voado nas costas dele, voando ao amanhecer. Ela se lembrou de um brilho, e então... Nada. Nada até que ela acordou, quentinha em sua cama.

Júlia pegou o pingente, virando-o várias vezes em sua mão. E então se sentindo muito tola, ela chamou num cochicho rouco:

— Falcão! Falcão!

Ele não veio. Como ela voltaria para Khemia se ele não viesse? *Falcão!*, ela disse novamente mais alto desta vez, e então ouviu passos na escada.

A porta do quarto abriu devagar, uma mulher magra com olhar duro. Sua madrasta. Ela olhou para Júlia e fungou.

— Vejo que você está acordada — ela disse. — Pensei que você tivesse pegado uma gripe lá fora. Suponho que você ainda não vá nos dizer onde está seu irmão?

Júlia sacudiu a cabeça e permaneceu muda. Sua madrasta deu um suspiro.

— Seu pai ainda o está procurando. Não sabemos se ele o encontrará, não com outra noite fria dessas. É um milagre você ter sobrevivido à primeira noite — ela olhou firme para Júlia, e os cantos de sua boca se torceram dando um sorriso forçado. — Você pensou que seria uma pequena heroína e fugiria, não é? Eu estou aguardando com interesse para ver o castigo que seu pai planeja para você. Vista-se agora. O jantar estará pronto logo — e ela saiu e fechou a porta.

Lágrimas encheram os olhos de Júlia enquanto olhava fixamente para a porta. Ela precisava voltar a Khemia — tinha que voltar *agora*. Ela agarrou o pingente em forma de estrela com tanta força que as pontas cortaram sua mão. Se o falcão não ia até ela, teria que ir atrás dele.

Vestiu a roupa mais quente que encontrou e calçou sua bota de inverno. Não sabia quanto tempo teria que ficar ao relento, e poderia tirar as camadas extras de roupa, uma vez que estivesse de volta a Aedyn. Ela abriu a porta do quarto devagar, cuidadosamente, orando para que não rangesse, e começou descer a escada. Antes de descer, porém, ela parou e correu até o quarto de Pedro. Ele tinha uma lanterna guardada na cômoda, embaixo das meias. Ela revirou a bagunça de lá, imaginando *por que* ele não mantinha a gaveta em ordem, e seus dedos a encontraram. Tirou a lanterna da gaveta, fechou-a, escapou pela escada e saiu. Estava tão frio quanto naquela manhã de Natal — talvez um pouco mais frio, com o sol começando a se pôr. Ela respirou e viu por um instante seu bafo congelado no ar.

Júlia enfiou a lanterna em um dos bolsos e andou pelo caminho até o rio, como ela e Pedro tinham feito anteriormente. "Parecia ter acontecido séculos atrás", ela pensou. Tanta coisa mudara desde aquela manhã. Eles tinham voltado para Aedyn. Foram chamados para salvar os prisioneiros. Ela voara no falcão...

Agora que estava sozinha e ao ar livre, não precisava mais ficar em silêncio. Ela colocou as mãos em volta da boca e gritou o mais alto que conseguiu...

— Falcão! *Falcão!*

Ela procurou no céu por algum sinal dele, com esperança de ver suas largas asas descendo para buscá-la. Mas o céu estava vazio.

Júlia deu um forte suspiro e caminhou com dificuldade pela floresta. Ela pensou em ir até o riacho. Se o falcão não viesse, ela teria que chegar a Aedyn de outra maneira.

Não demorou até que chegasse ao riacho. Ele tinha congelado naquelas noites frias desde a manhã do Natal, e estava firme o suficiente para Júlia andar sobre ele. Ela bateu os pés no gelo com raiva — como ela voltaria se o portal não abrisse? Quando a batida que ela deu com o pé não quebrou o gelo, Júlia sentou-se à margem do rio, e apoiou o queixo nas mãos. *Pense,* ela disse para si mesma. *Pense. Deve haver um caminho de volta, ou o Senhor dos Exércitos nunca teria me mandado vir pegar o pingente.*

O Senhor dos Exércitos. Claro.

Júlia fechou os olhos bem apertados e orou da melhor maneira que pôde.

— Leve-me de volta — ela sussurrou. — Eu quero ajudar o teu povo, e eu sei que o Senhor me ouve, mesmo neste mundo. Leve-me de volta a Khemia.

Ela abriu os olhos, esperando ver as águas do rio correndo e fazendo redemoinho como antes. Mas nada mudara.

Júlia levantou a cabeça para procurar o falcão, mas a noite caía. Estava escuro demais para enxergar qualquer coisa no céu. Júlia esvaziou o bolso procurando a lanterna de Pedro, remexendo com os dedos gelados. Ela a ligou e um raio forte de luz iluminou a margem oposta.

Mas algo havia mudado. As árvores — as sombras eram todas diferentes. Havia um cheiro esquisito no ar. E o frio... o frio tinha ido embora.

Júlia olhou à sua volta, seus olhos arregalaram. Poderia ser... Será que era...

— *Júlia!*

Ela olhou para cima e respirou fundo. Era Pedro parecendo que acabara de participar de uma corrida. Ele estava ofegante, o suor pingava de sua testa, e algo terrível parecia ter acontecido ao joelho dele.

— Pedro, o que...?

— Eu peguei o talismã — Pedro interrompeu. Ele estendeu a mão mostrando a pedra verde que estava dentro dela. — Eu o peguei do comandante. Houve um terremoto, e eu o peguei. Eu acho... Eu acho que o vulcão... — ele se curvou, engasgado, tentando respirar.

— Olhe aqui — disse Júlia. — Eu estive em casa. O outro pedaço está comigo — ela o puxou de dentro do bolso.

Pedro abriu a boca para perguntar como ela fora até em casa, como tudo tinha acontecido, quando ouviram um rugido que parecia o fim do mundo. Os dois olharam para cima, acima das árvores, e viram que as cinzas expelidas pelo vulcão enchiam o céu. O cume da montanha ruiu, as pedras batiam e derrubavam a si mesmas como uma poderosa cascata. Era o fim.

E enquanto assistiam a erupção algo novo saiu da terra — algo que não era nem cinzas nem lava. Uma sombra, uma aparição, e parecia que se abria saindo das pedras e se estendia para o céu. Júlia sentiu toda sua coragem indo embora enquanto observava o vulto crescendo, crescendo, crescendo.

— Não temos mais tempo — disse Pedro. — Pegue aqui — ele segurou o talismã do comandante, e Júlia pegou a estrela em sua mão para encaixá-la na parte que Pedro segurava. As duas metades se encaixaram, e um fio de luz brilhou durante um instante no espaço onde eles se encontraram.

— E agora o que vai acontecer? — disse Júlia.

Pedro olhou para a irmã e sacudiu a cabeça.

— Nós temos que esperar — ele disse. E ambos seguraram firme o pingente enquanto as sombras enchiam o céu.

Epílogo

Luísa abriu os olhos, piscando para ajustar a visão à escuridão. "A caverna", ela pensou. Ela ainda estava na caverna. Mas Júlia — onde teria ido?

Ela se levantou e rastejou ao longo da parede da caverna, parando ao chegar à entrada. Ela piscou na meia luz da manhã, cobrindo seu rosto da luz do sol. O chão lá fora estava queimado, e quando ela cutucou a terra com a ponta do pé, um torvelinho de cinzas levantou. Então, ao levantar os olhos, ela viu mais alguma coisa. Era uma sombra... Uma sombra que parecia se tornar mais sólida ao se espalhar pelo céu. Luísa encolheu-se na caverna, imaginando onde mais poderia se esconder, querendo saber se Pedro e Júlia estavam bem.

E então apareceu uma luz muito mais brilhante que a sombra, mais forte que qualquer luz que Luísa já tivesse visto. E o som, como que de mil sinos, reverberava dentro de sua cabeça. Luísa caiu ao chão e olhou fixamente, seus olhos queimavam. Ela não conseguia fechá-los e nem tirá-los da luz. E essa mesma luz estava falando com ela, chamando-a.

Ela se levantou e saiu da caverna seguindo a trilha para a mina. Estava na hora.

Sua opinião é importante para nós. Por gentileza, envie seus comentários pelo e-mail editorial@hagnos.com.br

UNITED PRESS
um selo editorial hagnos

Visite nosso site: www.hagnos.com.br

Livro impresso em papel Chambril Avena 70g/m² da *International Paper*. Os papeis da *International Paper* são produzidos a partir de plantações de eucalipto certificado. Esta obra foi impressa na Imprensa da Fé. São Paulo, Brasil. Verão de 2016